KB139250

하늘 문

벼랑 끝에 서서 발밑을 보니
몸이 하늘 위에 떠 있습니다.
수 만길 아래 아무리 더듬어도
내딛지 않고서는 내려갈 수 없는 길
가을 풍경 품어 서정적이어도
바람소리조차 힘 부쳐 저만치 밀려나
숨죽여 매어 있는 하늘 문*
포승줄 엮인 수인처럼
내려서기 전 상상이란 두려움
울컥 마음 한곳 먼저 앞섭니다
삼화사 범종 소리 삼키고도
시간을 흘러버린 습한 답변
생각에 잠긴 허울의 빈 몸짓입니다.

*무릉계곡 내 관음암을 돌아나가는 방향의 벼랑길

정석교 시선집

정석교 시선집

ⓒ정석교, 2021

1판 1쇄 인쇄__2021년 07월 25일
1판 1쇄 발행__2021년 07월 30일

지은이__정석교
펴낸이__양정섭

펴낸곳__예서
　　　　등록__제2019-000020호

제작·공급__경진출판
　　　　사업장주소__서울특별시 금천구 시흥대로 57길 17(시흥동) 영광빌딩 203호
　　　　전화__070-7550-7776　팩스__02-806-7282
　　　　홈페이지__http://https://mykyungjin.tistory.com
　　　　이메일__mykyungjin@daum.com

값 10,000원
ISBN 979-11-968508-8-3 03810

예서의시 **015**

정석교 시선집

정석교 시집

□ 일러두기

1. 이 시선집은 시인의 일곱 권의 개인시집을 원본으로 삼았다. 작품의 차례는 각 시집의 발간 연대 순서를 따랐으며 그 시집의 제목으로 부를 나누었다.

2. 작품을 고르고 엮은이는 삼척 두타문학회의 소설가 서성옥 선생이 도맡아 주었으며, 김태수 시인께서도 많은 조언을 아끼지 않았음을 밝혀둔다.

3. 작품 게재를 허락한 각 출판사 관계자 분들에게도 감사의 뜻을 전한다.

4. 시선집 출간에 동의해주신 유족 측에 대해서도 깊은 감사를 드린다.

정석교 시인의 영전에

차례

하늘 문

산속에 서니 나도 산이고 싶다 (2001)

꽃비 오시는 날 가슴에 꽃잎 띄우고 (2011)

딸 셋 애인 넷 (2013)

바다의 길은 곡선이다 (2015)

빈 몸을 허락합니다 (2017)

곡비(哭婢) (2019)

겨울 강 푸른 뜻 (2020)

산속에 서니 나도 산이고 싶다

(2001)

오불진 사람들

"어디가와 ... 야, 컨아 지베 가와"
투박하고 무뚝뚝한 음성 속에서도
정을 기우며 살아가는 사람들

여심천 사이에 두고
할 말 못할 말 헹구며
한을 묻고 살아가는 사람들
고성산 호령하던 기개
바람되어 사라진 지금도
오십천 합강하는 진실한 마음

지척에 빤히 보이는 폐허의 아픔
식솔의 한끼 식량을 위해
수십년 석회 분진을
가슴에 쓸어넣은 우직한 심성

이제 자투리 땅까지도
배설된 오욕 덩어리를
기꺼이 받아들인
정화의 화신 오불진

자화상
–어머니 얼굴을 그리며

밤새 신열에 떨던
얼굴 감싸안고
베개머리 불러주시던
당신 문물로 쓰는
자장가소리

이불깃 여민 손길
잠시 묻어난 선하품
새벽달 여명이
밀려나는 시간까지도
어머니 옷고름에 어둠이 잠겨 있었다

가슴에 흐르는 핏빛은 같아도
마음을 열 수 없었던 아집
어머니 탯줄을 끊고도
지리한 습작으로도 깨우치지 못한 건
내가 당신을 대신할 수 없다는 진리

어머니가 밟으신 가지런한 길
저만치 앞서 간 체취를 더듬어
반듯한 사랑하나 내리심을까

들꽃

나는 들꽃이 좋다
반겨 찾는 이 없어도
하잘 것 없이 지천에 핀
촌부의 순수한 마음이다

자갈길, 둑길, 들판길, 비탈길
발길이 닿는 지천에 널려
하냥거리며 옷깃을 묻혀 온
촌부의 발걸음을 닮은 들꽃

화려하지도 않고
유혹의 향내 뿜내지 않는
수수한 초로에 더욱 살갑게
그저 정겨운 들꽃

벌, 나비 가끔 스쳐 지나간
바람둘기에도 향기를 실어주며
촌부의 웃음을 안고 살아가는
체온을 간진한 들꽃

산속에 서니 나도 산이고 싶다

여울지는 산간수에 마음을 담그면
나 또한 떨어지는 폭포수처럼
빈곤의 헐거운 자만심 풀고
산산히 부서지는 허울

산을 닮은 물빛 푸르게 물들어
하늘자락 둥글게 감싸안고
내 안의 그림자 소중히 세안해
쪽빛처럼 고운 마음 가질려나

새소리 닮아가는 산골바람
해질녘까지 도란도란 정겨운 이야기
메아리되어 전해지는 소야곡
가슴 한켠 솟아나는 수줍은 사랑

산등성이 넘어가는 구름도
깊은 정 겨워
산그림자에 메이고
다문다문 남겨놓은 비밀스런 문답
산속에 서니 나도 산이고 싶다.

정라진 어부 천씨(千氏)

장국 한 주발 시장기를 메우고
어슴푸레 볕빛을 그물 망테 짊어진
정라진 어부 천씨 등어리에
샛바람으로 땀절인 선잠이 입김처럼 날린다

파고(波高)를 부추기며 뱃전으로 모여들던
한무리 갈매기도 그 전만 못하게
더문더문 칼날 같은 수면 위에
헛 울음만 괸 정라진(汀羅津) 앞바다

뭍때가 눅눅히 퍼져 있는 수면은
더욱 각박해진 인정처럼
정화되지 못한 또 하나의 이반(異反)
뱃머리 웅얼거리는 파도의 저항 속에
건져 올려지는 그물코마다
반짝이는 햇살만 묻어나온 허무

아버지의 바다

까르르 웃는 마담의 입모양
정분 짙은 암내를 품고 나선 나들이
실망으로 가득찬 거품만 뭍에 게우고
너덜거린 아픈 눈물이 흐르는 바다

아비의 가슴을 닮은
바다에 던져진 답습 같은 헐거운 삶
그물처럼 질긴 혈연의 틀이
분신으로 다가서는 파도

초라히 등굽은 패자처럼
슬픈 발자국을 짓는 외로움으로
뒤돌아선 발길에 전해진
저녁놀 빛고운 연서
하늘에 하얀 연이 걸리고

달려왔다 밀려가는
수없는 반복 속에서도
가끔은 정을 줄 수 있는 벗처럼
다가서는 연민은

아비의 사람의 터전을 경외로 새긴
바닷사람의 도리

바람이 아귀처럼 부서는 단애
쩌렁한 울음소리에도
넘을 수 없는 슬픔 뒤로 가슴은
엄니 수절의 몫으로 남겨둔
염분내음 닮은 아비의 분신으로
한 다발 안개꽃으로 다가선다

죽서루(竹西樓)에서

삼척시 성내동 9-3번지 오십천변
하늘이고 땅을 품고
날 듯 서 있는 팔작지붕 죽서루에서
단청 빛 우려나오는 향기를 맡는다
응벽담(凝碧潭) 묻어나온 소리를 듣는다

각기 다른 기둥으로도
하세월 너끈이 절벽 위에서
오랜 인고 보듬은 사랑이야기
오늘, 그리움으로 다가서는 제일계정(第一溪亭)

단애 부딪쳐 휘감아도는 물결
오십구비마다 숱한 전설 엮어
예와서 풀어 놓은 쪽빛 오십천
봉황산자락 지천에 두고
허허로이 해수에 젖어든다

바다를 등지고 산을 안은 품에
오후나절 날아든 정라진 갈매기
그림자 성긴 강변에서 옛전설 건지려나

푸른숲 닮아가는 누정(樓亭)
연년 노거수 돋는 가지마다
새로운 이야기 한소절 심어두고
두타산정 품어드는 해거름 속
피어로는 한다발 청아한 풍경소리

삼척역

달리고 싶어도 기적을 울릴 수 없는
또 하나의 정지된 궤도를 안고
십수년 가슴앓이하는 삼척역사(三陟驛舍)

벽면 가득 배인 숨결
긴 의자마다 묻어둔 인정은
왈칵 쏟아져 나온 바람으로 내몰리고
흔적 없는 개찰구는 또 다른 이방인

바다내음 담아 산천 마실 실려갈
해남댁 함지박도
황토 묻어나는 소쿠리 가득 흙내음도
반겨맞던 역앞 번개시장 한자락
몽정처럼 쓸려나간 적막함으로 맴돌아

플랫포음, 빛바랜 반쪽짜리 이정표
늘상 허기진 레일 위에 무얼 채워야 하나
기적을 울리며 달려야 할 궤도 위에는
벙커-C 기름탱크만 들어선 삼척역사

새비리골 박서방도 나리골 최서방도
거나한 취중 속 품에 간직된 잔영
두량 연초록 기차가 머문 자리
복사꽃으로 흠뻑 젖어들고

해안선따라 동해남부선 철도는
무성한 풍문으로 다가선 지 수십년
끊겨진 플랫포음 변함없는 이정표

꽃비 오시는 날 가슴에 꽃잎 띄우고
(2011)

이팝꽃

할머니 설움 울렁울렁 지펴 놓고
고봉처럼 피어오르는 꽃
펑펑 터뜨려지는 꽃잎이
장터 끝자리 강냉이 튀긴 강밥처럼 날아올라요
이팝꽃 펑펑 피어나면
그 경계에 숨어 있던 내력들이
하나하나 벗겨지는
흐벅진 이팝나무 아래서
오래되지 않은 설화 같은 이야기
빈 보릿독 헐어 내던 아린 마음
고봉으로 빚어내는 한숨들이
5월 바람에 타들어가고 있어요
방아 찧는 소리 없이
고슬고슬 부풀어 나는 이팝꽃
무논 긴 써레질 뒤척이다
뒷산 해 다 지네요

감꽃 일기

뒤란 까만 장독 덮개마다
감꽃이 하얀 쌀밥처럼 담겨
눈부신 아침을 열었습니다
간밤 문풍지 흔든 바람이
모아 두고 갔었나 봅니다
알알이 주워 담은 누이 손바닥 위
감꽃은 누이 눈을 닮았습니다
깊은 밤 떨어지는 감꽃
사랑 이루지 못한 별찌들이
빚어 놓은 눈물이라던 누이
실 꿰미 가득 엮은 감꽃이
별빛처럼 뽀얗게 피어나
다시 별이 되어 예쁜 사랑 이루어 낼까
살평상 누워 버들피리 불다
허기진 입 안으로 감꽃 한 알
달큰하면서도 아린 맛이
누이 말처럼 별찌 눈물 같았습니다
딸아이와 함께 선 뒤란 감나무 아래
무성하게 떨어진 감꽃
별님이 쏟아 놓았다던 눈물

채 마르지 않고
누이 뽀얀 얼굴로 다시 피어납니다

파꽃 같은 어머니 말씀

마당 귀퉁이 빈터
매년 봄, 어머닌 파 몇 대궁 모종합니다
파꽃이 필 때면
든 사람 된 사람이 될라치면,
꽃씨 여무는 인내처럼
속을 비우며 살라시던 쟁쟁한 말씀
몇 해 어머닌
요양병원 중환자실 하얀 시트 위에서
줄기처럼 핀 텅 빈 몸으로 누워 있습니다
6월 바람 우수수 날리는
봉오리 맺힌 솜털 같은 꽃을 보며
어머니에게서 살갗 속 감춰진
허방 속 씨방 검정 씨앗을 봅니다
속을 비우기 위해 자라는 대궁이 끝
고해성사처럼 빼곡히 박힌 말씀들
서러운 눈물 매운 파 맛처럼
손등을 적시는데
애저녁 창가
불어 터진 수묵으로 번지는 낙숫물
서럽기만 한 긴 6월 장마
파꽃 속 가득 어머니 말씀 피어오릅니다

감자꽃

지천에 널렸습니다
흐드러지게 때깔 좋은 모습도
향기도 피워 내지 못한
진한 가난의 살점 같은
아린 목메임으로 저기,
저 산비탈 버덩
배고픈 눈물들이 열렸습니다
어슴새벽 이고 가신 어머니
치마폭 담긴 아침은
비탈마다 하얗게 피어오릅니다

유년의 밤은 눈 감아도
더욱 솟구치는 허기
달빛 젖어 주절주절 영그는
비탈진 고랑마다
아린 맛같이 숨어 있는 가난
쉬이 마르지 않은 어머님 눈물이었습니다

치자꽃

이태 전 봄,
장터에서 치자나무 한 그루 샀습니다
여름이면 하얀 꽃이 핀다는
진솔한 이야기 흠뻑 빠져
볕 잘 드는 창가 터를 마련했습니다
생기 도는 푸른 잎
틔울 것 같은 나무는
해가 바뀌어도 요지부동입니다

하얀 시트 위 어머니는 이 년째 투병 중입니다
곧고 튼실하셨던 몸은
수액 같은 링거액을 투여해도
감은 눈,
혈관 마디 모두 잠겨 있어
방울방울 떨어지는 나의 눈물이 되고
겨우내 갈증을 더해 가는 나목이 되어 가는 몸
정지된 시간이 다시 째깍거리면
금방 여실 것 같은 어머니 마른 입술
제자리에 달지 못한 것들
치자꽃 닮은 브로치는 장롱 속 깊이

핀 한번 펴지 못한 잠 속에 갇히고
치자나무는 볕 잘 드는 창가에서
꽃 피울 날 갈망하고 있는지
푸른 잎 무성히 햇살만 괴고 있습니다

수선화

산골짜기 묶였던 마음들 속살거리는 봄바람에 풀어 버려라. 지친 발목 담근 나른한 일상 잠시 눈 붙이는 찬란스러운 화려한 비상. 하늘 비친 연못가에 오만 가지 상념의 노란빛 꿈꾸는 3월. 그리움 가득 차오르는 건 고독한 기쁨이요, 관념이다. 허접스런 사랑이라는 것 절대 배반의 독(毒) 꽃으로 핀 황홀함이 정신까지 저당 잡힌 하늘. 꽃물 든 물결 어루만지는 외경심은 낮게 드리운 나비마저 터부시하는 자기애(自己愛). 꽃이 피었다 물속에 잠긴 하늘이 꽃이 되었다. 노란 꽃이 하늘에도 피고 날아가는 나비 날개에도 노란 꽃이 피어났다

꽃비 오시는 날 가슴에 꽃잎 띄우고

습한 입 머뭇거린 곡우
화사하게 오시는 비
땅 위에 스며들지 않고 가슴으로 피어
숨어 있는 언어들
오랜 지기 한 통의 안부전화
옹알이하듯 가슴 미어지는
다 전하지 못한 말
꽃비가 오시는 날,
첫 넘이 술잔처럼 잠시 서린 눈물 속으로
지는 꽃 지는 꽃
한 악장씩 피워 내어도
지천으로 흩날려 스러져 간
아름다운 춤사위
가슴에 꽃잎 띄우고
불러 보고 싶은, 사ㅡ랑ㅡ아

수로부인, 꽃 꺾어 바치오며

물오른 가지 끝 하늘 고운 날
내가 지닌 체온보다 낮은 온도로
핀 꽃
삽살이 드러난 미명에 자지러질 듯
알몸의 숨결로
순종하는 몸짓이 눈부셔요

벼랑을 오르다 지친 가지마다
지난밤 안고 있던 허공
꽃잎 피우는
찬란한 아침이 수군거려요

꽃을 받드신 분,
눈발 같은 초로의 손길에 꽃보다 환한
진통의 사모
몇 굽절 헤아렸던가
벼랑 끝 괜한 바람 몰려 서성이다
비로소 눈이 마주친
꽃 꺾어 바치온 부인의 유실당한 절절한 뒷이야기

그대 사랑 죽지 않는 여인이 되어
천 년 전 다 흘려 버린 눈물
외롭다 울먹이지 마오
벼랑 끝 눈부신 꽃잎 다 지기 전

능소화에게 묻다

사랑이라면 이쯤은 활활 타올라야지
섬섬 붉게 핀 기다림
눈멀도록 해후하지 못한 인연
산산이 선홍으로 낭자하게
여름 내내 빚어내는 속절없는 사랑아
고적한 하오
낭창낭창 풍경(風磬) 스치는 뒤란으로
붉디붉은 꽃잎 여는 소리 들었어라
사박사박 지저 오는
동자승 맑은 발자국에
뚝뚝 떨어지는 슬픈 모가지
언제 또 쓸는지
몸 사리지 않아 후드득 이별하는
피처럼 붉은 흔적 없는 생채기
눈멀고 싶은 절대적 사랑아

밤느정이*

나는 누웠네, 밤느정이 분분한 유월의 저녁
하릴없이 평상에 누웠네
망종 지나 땅 밑 발아하는 씨앗들의 조용한 아우성
나무들이 탱탱하게
부름켜 부풀어 오르는 소리
깊은 사랑 피워 내는 얄궂은 향이
는질는질 바람 타고 희롱하는
더욱 징그럽게 살이 오르는 밤
앞산 육감적인 밤느정이 숲
뉘 벗어 놓은 홑적삼인가
남사스러울 만치 멋쩍어 돌아누웠네
무논 개구리 무작정 울던 밤
텃밭 감자 씨알 굵어지려나
야삼경 깊어 가도록 밤느정이 핀 마을
달빛보다 더 하얗게 피어 웃더라
아무도 묻지 않은 모두 숨죽인 밤

*밤꽃을 지칭하는 다른 말.

석부작, 돌에 물을 주다

돌에 물을 준다 습관처럼
풍란 몇 촉
여리게 돌을 감싸 안고
말라가도 혼자서는 마르지 않겠다는
매일 돌에게 물을 준다

물을 머금을수록 더욱 단단해지는
돌의 입자들
탱탱해지는 난(蘭)의 뿌리들
깊은 강바닥 한낱 돌이었을 때
너의 뿌리는 암반이었을 터이고
부드러운 흙 속이었을 때
너의 뿌리는 씨앗이었을

돌에게
수태할 수 있게 물을 준다
강물 같은 흙 속 같은
뿌리의 행적을 찾기 위해
꽃이 피었다
돌에게도 꽃이 핀다는 사실
물을 주면서 알았다

담쟁이꽃

담을 넘어야만 피울 수 있는
힘은,
기어올라서야만 오를 수 있는
인내는,
하나의 줄기가 아닌 핍박에 응어리진
성근 결속이다
시퍼런 핏줄 오기로 세상을 안으려 했었나
장벽이 아니었으면
팽팽히 시위를 당겨 하늘을 뚫으려 했었나
텅 빈 공간 파고들 듯
꼿꼿한 벽을 향한 필사의 항거

긴 여름 벗겨 놓은
심장을 닮은 그 잎
농군의 거친 손으로 가둔 세상 열고 싶은
손사래
담을 넘어선 여름 내내
줄기 끝 절치부심의 인내는
하얀 꽃 피워 내었다

들길에 피는 뭇꽃처럼 살리

　바람이 지나가다 머문 들길에 핀 뭇꽃들이 저마다 아우성
을 치면서 나늘 보라 한다 걸음을 멈추고 고개를 숙여 무언
의 눈 맞춤으로 나누는 저만의 외침을 전하려 한다

　—꽃잎이 핀 공간만큼 햇살을 마시며
　　꽃으로만 살고 싶은데
　　지나가는 바람은 어서 자리를 내놓으라 한다네—

　들길에 피는 뭇꽃이라는 것
　항쟁으로 저마다 낙화로 분신할 뿐인데
　밤이든 낮이든 소소한 가을 빈터에서
　분신으로 날리는 꽃들의 외침을 듣는다

　노랗게 부풀어 오른 달 속을 보며 청승맞게 개 짖는 소리가
요란하다 하늘을 찢듯 울리는 개 짖는 소리, 동료가 아닌 이
방인의 발걸음을 경계하는 경고의 선전포고 후각이 몸서리
치도록 예민해서 금세 알아버린 그들의 매력에 되돌아서는
발걸음이 무서워진다

　—매일 맞대며 알은체하는 얼굴이 무서워질 때가 있다

이 밤 지나면 환한 얼굴로 만날 수 있을까?
기대해 보아도 자꾸만 뒷걸음쳐지는 비굴함—

들길에 핀 풀꽃보다 못한 가여운 이들이여!
결빙의 땅을 다지며 아름다운 생을 준비하는
들길에 피는 저 뭇꽃을 잠시 닮아 보게

고흐는 해바라기를 키우지 않았다

집념은 뜨거운 태양의 빛도 보이지 않는다
붉은빛이 눈을 멀게 한 그는
압생트 독주에 붓을 씻고
캔버스에 눕히고자 했던 푸른 색채는
태양이 주는 부끄러움이라 여긴다
잃어버린 색채는 태양을 따라 서 있지도 못했던
무한한 노란빛을 동경했다
절규하는 빛들은
자연을 질주하는 멈출 수 없는 생명이다
꽃병 속으로 곤두박질치는 몽상은
갈래갈래 찢겨서 나부끼는 두려움이다
환상으로 들려오는 소름 끼치는 소리
귓바퀴 없이 무한한 울림을 들었을까

캔버스에 키운 해바라기
자유는 정신병력 속에 가두고
날마다 그리운 색깔로 태양을 넘고자 하는
이글거리며 타는 꽃잎
거미줄처럼 꽉 짜인 형틀에 갇혀
언제 다가올지 모르는 죽음의 공습을

두려워하고 있었는지 모른다
캔버스에 놓인 해바라기는
질 줄 모르는 태양을 흠모한다

딸 셋 애인 넷

(2013)

에필렙시*

한 층 한 층 올라가는 엘리베이터 안 기진한 아이 체온 허하게 전해온다. 무거운 세상 안고 살아가야 하는 두려움보다 먼저 눈물이 앞선다. 병상 앞에서 울컥 미어지는 범람하는 해일처럼 아득한 마음 여린 얼굴을 들여다 본다. 차마 눈 떼지 못하고 입술만 지그시 깨물은 채 하얀 시트 눈시울 삼킬 뿐이다

오염된 척수를 늘 안고 살아가야 하는 아이 하얀 시트 들추다 마주친 얼굴, 아버지로서 지켜주지 못한 사랑 알았다는 듯 입가에 미소가 핀다. 가슴에 담는 눈물처럼 흘러내리는 링거액 혈관 깊숙이 아픔을 세정하고 있을지도 모른다

혼자 이겨내야 할 세상 귓바퀴 맴도는 아이의 청명한 웃음소리 또 언제 병상에 누워 단절된 어지럼증을 느껴야 하는지 병실 밖 스산한 들녘 풍경 추스른 옷깃 사이 마음 시리게 한다

*Epilepsy, 뇌전증

딸 셋 애인 넷

나의 집에는
딸, 공주 그리고 애인이 함께
한 이불 덮고 산다
투정 반 응석 반 커다는
그녀들의 모습
제 엄마보다 요란스레 심한 잔소리
딸인지 애인인지 분간하기 어렵다
곧잘 삐친 헛 속임에도
번번이 들킨 사랑의 마음
파랗고 노랗고 빠알간 꽃 같은
딸 셋 애인 넷이나 두고 있는
행복한 고민에 빠진 남자다
일상의 틀 깨알 같은 나날
퍼즐조각 매일매일 새로 맞추며
분주한 기쁨 풀며 깁고 사는
딸 셋 애인 넷, 나의 집
빈 곳도 허한 곳도 없는
딸 셋 애인 넷이 펼치는 질투
나의 집은 늘 햇살이다

월계이발관

1.

월계골 어귀 붓끝 하나 힘차게 살아있는
양철간판 '월계이발관'
시중 요금 절반도 채 안 되는 이발료
늙수그레한 얼굴 생김새 어울리게
꼬맹이 머리통 하나 잘 민다는
절름발이 노 이발사
하얀 가운 속 숨겨진 걸음걸이
어색함이 째깍이는 가위질에 묻혀간다
'증 ○○군수 김 아무게' 내걸린
빛바랜 벽시계 속으로 잘려나가는 시간
뇌물수수 의혹이 연일 라디오의 전파를 탄다

2.

시가지 하나 둘 늘어나는 미용실
전기 커트기 잘려 나간 자존심보다
수십 년 동무되어도 미덥지 못한 가위질
기억들이 베어져 나간 틈새마다
지나간 세월 담아내는 벽거울 속으로
걸개그림 만발한 진달래 봄빛이 그리운가

담벼락 올망졸망한 머리통 터뜨리는 함성
여러 순배 말뚝 박는 북새통 끝에
드잡이로 한바탕 지친 몰골들
썰물처럼 빠져나간 텅 빈 골목 안
기웃하던 노을빛 품어들면
천근 가슴 지져오는 쇠기침
무싯날, 월계이발관은 무성영화관이다

3.
아침부터 장기판 앞에 눌붙어 있다
동네 꼬맹이 채근질은 안중도 없다
난로 위 주전자 잘라낸 머리카락 올처럼
헝클어진 아우성으로 끓어 지친 지 이미 오래
장기 알 미는 것도 장 때리는 것도
담배연기 연신 뿜으며 거듭되는 장고
이기고 지는 것보다 첨지에게 바치는
막걸리 값이 더없이 배알 꿀리는 심사인가보다

타령 한 소절 주고받는 권주가

기어 나온 봄볕 술잔에 잠기고
노란 민들레꽃 같은 단무지 몇 쪽
장기 알 물린 손길로 오고 간다
화단은 아직 꽃을 피우지 않았다

4.
한쪽 무릎 저려오는 아침
메마른 장미덩굴 봄비를 부른다
거칠한 세월과 마주한 의자
거울 정면 펼쳐지는 닮은 꼴 같은
타관바치 살아온 반생
남도엔 무서우리만치 동백이 찬란하리

손마디 굳은 살집 남겨진 가위 소리
움켜쥐어도 힘없이 풀리는 손
내리는 비가 눈물이었을까
이명처럼 울리는 빗소리
덧칠 한번 없었던 양철간판 '월계이발관'
봄비 타고 표류한다

5.

아이 손 마주잡고 걸음걸음 한 골목 그 자리
매끈한 아크릴 네온간판 '뉴 헤어디자이너 클럽'
'축 개업 ○○시의회 의원 김 아무개'
매니큐어 색깔 피어난 명자나무 꽃잎
붉은 리본 바람에 펄렁이고
골목 안 누비는 전기 커트기 소리
가슴에 남겨진 월계이발관 노 이발사
말끔한 흰 가운 구름이 되었다
째깍이는 가위소리 바람이 되었다

자화상

매일 접하는 일상의 생활이지만
폐부 깊숙이 박혀 지나가는 나이
지천명,
궤도 따라 한 치 어긋남 없이 달려오는
열차의 일상적 질주
깊은 골짜기 터널 속으로 황망히 가버리고
빈 궤도 위
이별 만남의 대상도 홀로 아닌 더불어
가고 넘어야 할 발걸음을
풀려진 구두끈이 불러 세운다
얼굴에 숨겨져 있는 굴곡진 기운 들춰내듯
구두코에 내가 비추인다
헐려가는 저만치 청춘이라는 몹쓸 나이
몸짓으로만 청춘이라 뇌이던 말
가면 같았을까

묶여진 구두끈이 나를 놓는다
멀어져가는 나의 발걸음
지나간 시간이 발뒤꿈치에 묻혀가고 있었다

낙조

꽃잎이 가슴에 내려앉는다

차마 이별을 고하지 못해
던져 놓은 마지막 징표
환희로 사루는 불꽃

눈물로 쏟아 내어도
자꾸만 부셔지는 현란함

기러기 떼 슬픈 울음 울다
달을 물고 고요가 꿈을 꾼다

바다의 길은 곡선이다

(2015)

오불진 사람들

"어디 가와. 야, 바다 물질 가와"
투박하고 무뚝뚝한 말투 오명가명
그물코 칸칸 풍어를 꿈꾸는 사람들
애면글면 내달은 오십천 굴곡진 굽이
합강의 상처 감싸안은 정
바다처럼 심성이 슬겁은 사람들
"어디 가와. 야, 사둔네 잔치 무러 가와"
뱃머리 부서지는 파도 같은 목청
처마 밑 이태쯤 마른 명태 묶음으로 남은
흉어기 고스란히 바친 어부의 허한 꿈
질긴 가난 목울대 치며 아리게 젖어 와도
바다와 등지기 싫은 오블진* 사람들
"어디 가와. 야, 벙개장**에 가와"
지친 닻 어깨에 짊어진 경쾌한 걸음
출렁이는 바다 푸른 잔등 그리워
햇살보다 먼저 펄럭였던 오불진 사람들
"어디 가와. 야, 오부이*** 지베 가와"

*오분동의 옛 지명, 오십천과 바다의 합수 지역에 오분어촌계가 있다.
**삼척역 앞 새벽장터인 번개시장의 사투리.
***오분리 지명을 주민들이 지칭하는 사투리.

서울의 바다

빛보다 적막이 먼저 걷히는 노량진 수산시장
속초 아바이부터 흑산도 아가씨까지
들물처럼 밀려 어둠의 껍질을 벗긴다
쇄빙하는 불빛 속으로 쏟아지는 얼음
생선 눈빛이 부시다

경매사 예령 무언극이 펼쳐지는 무대 아래
질척한 격어들이 소용돌이치는 활기
웅성거리던 발걸음 좌판에 널리면
비린 생선내음까지 펄떡이는 서울의 바다

신새벽 누구도 뒤돌아보지 않았지만
도처의 바다 한 곳쯤은 싣고 정박된
노량진 수산시장, 철썩이는 서울의 바다

만조 같은 불빛이 수직으로 흩어지는
바다의 눈빛 아직까지 선한 좌판 옆
해장국 한 그릇 속이 맑아지는
샐빛의 출입구, 아침이다

꽃숭어 피네

산등성이 눈 녹은 물이 개울 되는
복사꽃 눈 틔일 쯤
눈[雪]물 먹은 꽃숭어 튀네
앞바다 봄이 오면,
꽃나무만 꽃 피우지 않듯
복사꽃잎 숨은 꽃숭어 저민 살결
찍어내듯 튀어 오르는 생동의 파문
아직 눈꽃이 지워지지 않은 숭어는
그해 마지막 잔설을 담고 있네
노을 풀어 꽃물 드는
복사꽃잎 부서지는 앞바다 곳곳
피워놓는 봄의 인력(引力)
노래의 후렴구 이어 부르듯
점점 물수제비 뜨는 숭어 따라
해동갑하는 바다 봄이 피네
복사꽃잎 저민 꽃숭어 살점 같은,

오징어 채낚기

한사리, 바다에 등이 무진장 걸렸다
눈과 눈 사이 적나라하게 마주치는 불빛
야바위짓거리 한창이다
바다를 들어내려는 듯 팽팽히 맞짱 중이다
손발짓 분명한 거부의사 먹총 쏴대지만
줄줄이 호송되는 눈빛
싱싱한 거부감 끌어올리는 뱃전에서
꽃등이 무진장 피는데
칠흙 같은 바다와 한 몸이라는 것
푸른 정맥 아래 먹물 먹은 손마디
서로를 당겨보면 아는 일,
거래의 가쁜 숨만 밀어내는 바다
더 깊은 곳 겨냥하는 질긴 무게의 맛
오! 오! 새벽 거래의 탄력
열 손가락 마디마디 저릿저릿한 바다

출어

바다를 사랑한 것이 죄라면, 아부지는
늘 죄 짓고 살았지요
굳이 죄라고 한다면
어무이 흰 가슴 검게 태운 지독한 날들
풍장 되어 가는 거룻배처럼
아무 일 없이 지나쳤던 세월이라지요
바다보다 더 슬거운 심성, 아부지
참말이라고 밉살스런 파도가 전합디다
오밤중 바다를 향해 몸 던진 하세월
반백의 세월 더듬어 동무 같은 바다
말씀처럼, 어무이 흰 가슴 피멍 들도록
푸른 나날 속 검게 지새웠겠습니까
흉어기마다 늘어가는 빈 집을 보면서
그물질하는 아부지 뚝심을 빼다박은
돛 펼쳐 세우는 검푸른 팔뚝을 보소서
아부지를 닮아가지 않았습니까
밉살스런 파도가 전하는 말,
동무처럼 바다를 사랑하고자 합니다

아침을 낚다

바다에서 갓 건져 올려진
펄떡이는 것은 고기 떼가 아니다
팔뚝으로 돋아나온 힘줄로
낚아 올린 어둠의 끝이다
아버지의 아버지가 그랬던 것처럼
어둠을 낚은 아버지의 힘이다
평생 버텨온 그 선택은
파도를 버려야 바다가 산다는
아무 것도 보이지 않는 어둠을 뚫고
검고 깊은 곳 생명 같은 빛
아버지 품안으로 올라오는 것
망망해 날카로운 검푸른 바다
아침을 낚아온 것이다

숨비소리

바다는 어머니 체취가 잠겨 있습니다
그 큰 아름 바다 안고 갯바위 이우는 파도
내 몸을 훑고 비워내며 울음소리 남게 합니다

사모의 정 깊어가는 시절 돌이킬 수 없어
그립다는 생각보다 더 크게 서글퍼지면
사랑을 드릴 수 없는 생전의 고해
진자리 마른자리 한없는 어머니 보고 싶습니다

모래톱 얽힌 흔적 지우려 자근대는 파도
몇 겹의 물이랑 채워간 물결 같은 시간
통증 하나 키워가는 그리운 독백 휘파람
바다, 어머니의 소리 찾아내고 싶습니다

해물금 피어오르는 집어등, 내 심장의 빛
채워지지 않는 해당화 검붉은 사랑 같은
꽃노을 지는 바다 이명처럼 이우는 파도소리
망사리* 담아내는 숨비소리, 어머니

*해녀가 채취한 해산물 따위를 담아두는 그물로 된 망태기.

누이의 노래

여름, 작달비 쏟아내는 시절이면
골목 끝 '명자집'이 잠기는 누이의 노래
허물 한 겹 한 겹 풀어내며 목놓아 울던 절절한 인태처럼
누이는 7월 매미가 되는 거야

자욱한 해무 자맥질은 흉어기의 시작이야
선창가 한사리 물때 차오르듯 골목 안으로 밀려드는 한떼
의 사내들
바다의 연애사 '명자집' 봉당에 승선해 고래 몰러가는 거야
퉁퉁 부은 바다 숨어버린 고래 흰 등을 쫓던 누이 노래
붉은 입술 뱉어내는 숨비소리 밴 봉당은 사내들의 포경선
이야
출렁거리는 푸른 물빛 같은 노래 누추한 가난도 험난한 흉
어기를 잊는 거야
구절구절 아렸던 누이 노래 한 입만 베어 물어도 사내들의
술잔이 되고 응어리 달래는 장단이야

살벌했던 검은 바다의 근육 풀어내는 '명자집' 봉당
사랑-증오-연애-배단 줄줄이 엮은 누이 목소리 부서지는
해조음이야

작달비 이겨내고 들창문 빠져나간 중창 몇 소절

해저에서 뒤척이는 검푸른 소리 깨우는 불면의 밤이 되고

등대 불빛에 눌려 수피처럼 불타는 바다는 고래 울음 가득
이야

작살 짊어지고 팔팔한 수평선 전사처럼 누비는 푸른 관절
을 세운 사내들

누이 노래는 몇 날 몇 밤이고

등대처럼 꽃피는 붉은 등, 능소화가 되고픈 거야

짙은 해무 고래의 흰 지느러미 철썩이는 골목 안

빛보다 소리가 먼저 흐드러져 오는 새벽 포구는 들썩이는
아침이야

뜨악한 매미 울음, '명자집' 누이 노래는 바다를 향해 홀로
불 밝혔던 능소화 꽃등이야

아니 벼랑에 홀로 지샌 등댓불이야

실러갠스*

아버지는 방안에서 물고기 화석 하나 빚어갑니다
빛이 새지 않게 빗살 같은 그물 풀어놓고
며칠씩 비늘 깁고 등뼈 세우는 날은
등대가 보이는 지척 띄워놓은 걸음에도
어지럽지도 않은 뭍을 기억해내지 못합니다

소금꽃 피던 팔뚝 핏줄 도드라질 때마다
술을 드셔야 싱싱해진다며 평생 높이 세울 돛은
'그리움에 지쳐서…… 지쳐서…… 지쳐서……'
동백아가씨 노래 한 구절 감감하게 잊어버린 날
바다와 거래한 내역이 하얗게 지워지고
무너진 한숨은 파도보다 높아만 갑니다

바다만 바라보다 화석이 되어 가도
생선 등뼈 가르는 방법 가르치지 않은 아버지
부끄럽도록 밉살스러운 하얀 손으로
싱싱한 바다 한 짐 안겨드리면 다시
파도처럼 낭랑한 노랫소리 들을 수 있을까

어둠이 무섭도록 휘몰아치는 바다 위

띄워놓은 거룻배처럼 가벼워진 아버지의 몸
봉창으로 간간 울리는 숨가쁜 고래 울음
나직이 엎드려 스며드는 유리창마다
바다를 품은 물고기 화석 하나 유영합니다
불멸, 퍼렇게 꼿꼿한 어부라는 이름으로

*마다가스카르 섬과 코모로 제도에서 현생하는 '살아 있는 물고기 화석'.

등

가족의 중추인 등이 대청에 길게 누웠다
오수 중인 아버지 굽은 등이다
들숨 날숨 고른 숨결 펴진 굽은 등 위로
집어등 같은 햇살 둘러앉는다
그물코 칸칸 풍어를 발원하는 아버지의 오수
식솔의 입, 푸른 바다 팔팔하게 예열 중이다
파도와 공명하는 아버지의 등, 바다에도 있다
시침질한 파도 뭍으로 눕는 바다의 오수, 풀등*
햇살 한 마장 바람 한 틀 발자국 몇 무리
망중한 여유로운 길 다녀간 하루 두 번
바다를 품고 벗은 인고의 지문으로 찍혀 있듯
아버지 굽은 등처럼 굴곡져 드러나는
팽팽한 생의 파노라마 내생(來生)의 무덤 풀등
어느 벼랑 진설된 암각화로 그려진 어부의 기원처럼
비릿한 바다의 등과 가슴 맞대고 싸운 시절
뭍과 바다의 경계에서 서로 취하는 자세는
벼랑 끝 급히 전할 기별 등(燈) 내다 거는 것
식솔을 위해 세워야 했던 아버지 굽은 등이다
노을 속 뜨겁게 담금질된 바다의 등을 안고
푸른 문장으로 써내려간 윤슬의 세레나데

오수 중인 등과 등, 등이 같음을 안다
거친 발동기 숨소리 이물에 부서는 저물녘
등대불이 켜지면 하얗게 자맥질하는 바다
수식어 없이 해물금 치달은 어부의 족적, 출항
비린 물때 솟을 때마다 아비의 아비가 곧게 세웠던
가족의 중심, 아버지 굽은 등이 펴진다
집어등의 등이 환히 켜진다

*하천이나 바다에서 조류에 의해 모래가 쌓여 생기는 모래언덕.

20140416-0848-2-325(476)

꽃들이 푸른 하늘을 여는 아침이었다
그날은 정말 그랬다
바다 위는 정말 그랬었다
세월호가 세월을 역행하던 순간,
20140416-0848-2-325(476)* 모두가 믿었다
내일 아침도 푸른 하늘 열릴 것이라고
팽목항, 여린 꿈

노란 리본이 작은 포구를 덮었다
채 피기도 전 해저에 저민 꽃물
스러져간 그날은 봄이 한창 피어나던 나날
침몰 되는 배의 기울기만큼이나
도려낸 위정자의 마음에서 우리는
함께 무너져 내리는 비겁함을 보았다

민중의 희망을 이은 낯선 포구
가슴으로도 거리에서도 하늘 우러러
심장을 나누어달라는 기도를 했다
싱긋 웃으면서 포옹하리라는 바람은
봄꽃 같은 나풀거리는 노란 리본뿐

팔랑팔랑 노란 리본마저 외면하는
아프다 불통의 시대
가자, 어서 집으로 가자
목이 메이는 말, 4월 팽목

*침몰 세월호 발생 일시 및 탑승 단원고 학생(탑승객).

벚꽃이 눈물처럼 날리던 날

울타리 안 벚꽃이 하얗게 부서지던 날
한 날 한 시 제사 올리는 집 여나문이나 있지
나이 많고 젊고 한 날 한 시 정해진 날
문풍지 틈을 비집고 터져 나온 비보
갸르릉거리는 바람소리 일렁이는 파동으로
선창을 게워내던 그날 기억들로 마음은 고요하지

같은 우물물 길어 쌀 씻고 채소 다듬고
부침개 지짐내음 마을 곳곳 뒤지던 오전 내내
동이(同異)하게 굴뚝을 뒤덮던 연기
그날 바다를 가렸던 지독한 해무처럼
고요한 궤적 이루고 동리를 경건하게 돌았지

애끓은 소리 검은 밤 꼬박 헐은 그날은
할아버지 아버지의 바다 그리고 나의 바다
파도가 전해준 비보 축문 한 장이었지
이날은 제삿집에서 밤 지세우고 비틀거리는 객이 없는
고요한 마을, 그렇게 짖어대던 삽살개도 조용하지
피어오르는 향불 집집이 좌정하고 있었지

참 많은 헛 봉분 만들어 내고 있는 바다
하나의 길만 열리고 한 번 잊은 길 열지 않는
지독한 해무로 암전 같은 사월 꽃 지는 비보
바람을 안고 파도 쓸어들이는 마을은
꽃상여 떠난 그날처럼 벚꽃이 화르르 울었지

흉어기는 선술집이 어판장입니다

윽박지르듯 포구에 배 묶인 날이면
선술집 미닫이 안은 목청부터 높아집니다
바다 어디쯤 숨 쉬는 고기 떼가 있을까
허방의 바다 닻 올리기 너무 일러
게딱지 같은 촘촘한 탁자에 둘어 앉아
어부는 바다 품은 시간을 경매합니다
응어리진 가슴 서로 뉘이면
빈 술병 숨겨진 어군(魚群)이 보입니다
뭍에 서 있어도 멀미가 난다는 흉어기
늘어가는 외상 장부 몇 쪽 꼬깃꼬깃한 빈 손
깊숙이 찔러보아도 피곤함이 길게 쏠리고
바다는 늘 먼저 마중 나가는 손님 같은 것
담배 문 젖은 입술 부르트는 소문들로
포구를 때리는 완고한 절망, 흉어기
바다 어디쯤 튼실한 그물 던져야 할까
절망이 어두울수록 환해져 가는 선술집
미닫이 안 파도보다 더 큰 목청
선술집 봉당에서 경매가 한창입니다

한사리

  달빛이 팽팽히 서면 바다는 옷을 벗는다 교교하게 뒤척이는 부위 혼미한 흰 목덜미다 설겅설겅 부딪쳐보는 갯바위 치정의 주저흔이다 너풀너풀 벗겨내더라도 풀지 말아야 하는 한사리, 검은 몸 무너져 내리는 해변으로 옷섶 길게 풀어 내리며 뒤척일 때마다 감실감실 벗어내는 알몸이다 달빛 윤슬 넘어서는 너울마다 은밀히 철썩이는 신음이다 고혹한 빛의 합궁, 몽유적인 밤 옷고름 푸는 바다 지켜보던 등대 몇 겹의 목련꽃잎 띄우고 있다

어물전, 바다를 장전하다

1

햇발 아래 마지막 안수기도 생선들이 줄지어 있다
어물전은 오체투지의 성전이다
파도를 갈무리하는 칼날 머리를 쳐낸다
닫혀 있던 천막이 들썩인다
절여진 생선이 누운 좌판이 바다다

2

몇 대양 거슬러 결빙된 생선 어물전은 눈[眼] 사태다
장터 가르는 발걸음이 파도처럼 휩쓸린다
펄럭이는 차양막 돛을 단 배다
장바구니도 함께 파고를 탄다
좌판에서 윤슬 이는 비늘 싱싱하게 거래된다

3

소매깃 비늘이 하얀 꽃잎처럼 누우면 파장머리다
전대주머니는 늘 하루라는 지친 말들이 낚여 있다
허기진 미간으로 유인되는 노을빛 삶의 힘이다
파장이 보쌈 되는 저녁 집어등 하나둘 켜진다
시장통 후끈한 밤이 다시 장전된다

바다의 길은 곡선이다

갯벌 위에는 비밀스런 길이 있다
평지 이룬 뻘 물때 오르는 이맘때쯤
노을이 만들어 내는 길이 있다
한두 겹 사려나오는 물때
바람 뒤척일 때마다 결이 일렁인다
노을이 베푸는 하루의 쉼표
온 뻘을 안고 토닥거린다
배웅하는 섬과 등 떠밀리는 물결 사이
표식 하나 없이 만드는 길
내일이면 안부를 묻듯 만나는 갯벌
노을 터놓은 길을 따라
얼굴에 돋은 붉은 빛이 따사롭다
부은 발등으로 귀가하는 갯벌
느린 삶이 부드러운 것처럼
바다의 길은 늘 곡선이다

바다, 봄빛 슬어놓고

봄 햇살 산란하듯 여울지는 바다
시린 발 담근다

간지럼 태우던 물살
경계 없이 오르내리다 백사장 눌붙어
몸 뒤척이는 오롯한 바다

홀로 오래 그리워했던
저기, 저 꼿꼿한 등대
해무를 헤치며 일어서고
포구에는 정박 중인 배가 없다

집어등 내다거는 해물금 꽃등처럼
마음에 봄빛 슬어놓고
푸르게 눈시울 지는 바다

낯선 포구에서

낯선 포구의 황량함이란 늘 친밀하지 못하게 내려놓고 떠나는 것이다 긴 물금 배웅하는 숨 가쁜 노을 여객선에서 머무른 흔적을 쫓던 기대감은 터미널 유리창에서 분신된다 친밀한 어둠을 통해 기실 뚜렷해지는 혼자라는 불안스런 감각 기능은 침묵 속에 숨어 한없이 메마른 환절기를 앓는다 갯바위 이우는 청량감보다 여윈 잠 청하는 포구의 여인숙에서 홀로 남겨진 낯 설움은 늘 달큰한 법이다 낯설음은 나로 하여금 수심(愁心)에 찬 마음이 되고 수심(水深)에서 부서지는 파도소리가 된다 낯설음 품은 미지의 것을 위해 기꺼이 밝은 아침을 기억해두지 않는다 낯선 포구에서는, 몸을 가벼이 할 수 있는 시간은 없다

가난한 시인의 안주

몸은 없어져도 이름만은 세상에 남을* 명태,
세월에 숨어버린 명태 건지러 자맥질합니다
새끼인 노가리는 애기태, 크기에 따라 왜태, 중태, 소태, 그
물로 잡은 망태, 낚시로 낚은 조태, 원양어선에서 잡은 원양
태, 근해에서 잡은 지방태, 강원도에서 나는 것은 강태

둘러앉은 저녁 식탁 뚝배기에서 어머님 손길이 끓어오릅니다
갓 잡은 생태, 얼린 것 동태, 건조 시키면 건태, 꾸들꾸들하
게 반쯤 말린 코다리, 대가리 떼고 말린 무두태, 포로 만든
북어포, 생명태는 선태, 잡히지 않을 때 귀해서 부르는 금태

계절 따라 망태기 몇 놈 건지며
명태 입만큼 큰 웃음 던지는 할아비
바다는 늘 두렵다 했습니다
알을 낳은 뒤에 잡은 것은 꺾태, 맨 나중 어기에 잡힌 막물
태, 초겨울 도루묵 떼 쫓는 은어바지, 음력 섣달 초순 잡히는
섣달받이, 춘태, 추태, 동태 계절별 부르는 별칭

매서운 밤 섬돌 신발들이 다 얼었는지
삼촌은 설 지나도 올 줄 모르는 깡촌 그 골짝에서

얼렸다 녹였다 황태, 하얗게 말린 백태, 검게 말린 흑태, 수
분 빠진 깡태, 파손된 파태, 속이 붉고 딱딱한 골태, 말리다
고랑대 떨어진 낙태, 날씨가 따뜻해 물러진 찐태, 여름에 말
려 곰곰한 구데기태

가난한 시인의 안주가 시가 되어도 좋을**
기막힌 별칭, 명태
술잔 속 유영하는 별칭들 건져 올립니다

*, ** 양명문 님의 시 「명태」에서 인용.

빈 몸을 허락합니다
(2017)

2월 화암사

설악 깊은 골 번져가는
미동의 소리 앞다투어
왕벚나무 적적한 빈 가지 들어선
열락, 꽃망울

란야원 찻집 감살창 너머
쓰다 달다 말없이 화암사* 지켜내는
수(秀)바위 가물지 않는
부동의 미

합장하며 돌아서는 발걸음 쫓아
바삐 배웅하는
잔설 속 더 검게 우는 까마귀
법문 같은 공명

일주문 나서다 명명(冥冥)한
2월 화암사 범종 소리
봄은,
이미 빈 마음속 정좌하고 있음을

*강원 고성군 토성면 설악산 아래 사찰.

간월암

섬이 절집이고 절집이 섬인
간월암*
바다와 뭍에서 부처를 공양했다
하루 두 번 세속과 절연하는
고독도 아름다운 법,
달빛 속 저물고 핀
연꽃 같은 몸 드러낸 간월암
어스름 속에서 켜지는 등불들
부유하는 물결 뒤로
마음 한 녘 고스란히 찍어 온
점 하나, 빈틈
숭어 뛰는 봄 바다

*충남 서산시 부석면 간월도리 위치한 절

어산불영

땅 울리는 소리 몇쯤
억겁의 시간 고스란히 돋아나
산비탈에서 종소리 줍는 몸들이 많았다

팍팍한 삶의 길 빈 곳 채우려
속세와의 동행
발길 밑에서 방망이질하듯
울리는 종소리

만어사* 너덜겅
땅을 딛는 힘으로 행선(行禪)한다

돌의 껍질 깬 만 마리 목어 같은
어산불영(魚山佛影)**
산으로 헤엄치는 소리 울린다

*밀양 삼랑진 만어사
**만 마리 물고기가 변해 두드리면 종소리가 난다는 거대한 돌너덜 지대

홍련암

공복의 몸으로 달려와
벼랑 아래서 만난 당신

귀를 열면
푸른 새 노래하는 바다

눈을 감으면
연꽃으로 화답하는 관음의 마음

돋움 새긴 그 빛
누리 발원한 진신(眞身)의 가피

꽃살문을 보며

전나무 울울한 조붓한 길
바람도 지친 몸 세워놓고
불현듯 노숙의 유혹이 생기면
산을 넘기 싫은 햇살도
변산의 서정을 떠나지 못했다
만리향 풍경 끝에 머물다
낯선 걸음 선뜻 반기는 내소사
노 보살 주름처럼 깊이 팬
대웅보전 아름 기둥 사이
돋을 새긴 꽃잎이 피었다
어느 목공 거친 숨소리
나무의 살갗으로 파고들어
방금 피어난 민낯이다
나비 한 쌍 나래를 펴는
돋을 새긴 꽃살문,
시들지 않는 천년으로 피었다

배알문*

허리 한번 숙이지 않으면 들어올 수 없는,
문
마음을 비우면
더 낮은 곳도 온건히 지나갈 수 있음에
삼가듯 문기둥도 굽어 서서
높이를 낮추는 것,
무슨 흉허물 될 수 있으랴
몸 낮추고 보니
생명 키워내는 땅도 발 아래 있음에
연꽃 화려하게 낳은 못(池)처럼
낮추는 것,
허리를 굽혀보니 깨달음이라
그보다 더 낮은 곳 찾으며 흐르는
물의 굽이
순정한 득음처럼 울리고 있음에
낮추어 보니 모두 열려 있는,
문

*곡성 태안사 혜철선사 부도전 출입문

심우도

절집 가는 단출한 길,
길가에 풀꽃이 만발이다
만발한 꽃은 고행의 발심이다

불이문 몇 꺾어 든 바람
굼뜬 몸으로 여름을 몰고 가다
풍경 속 양껏 달구어 놓고
대웅보전 벽화 속 바스러진다

숨은 그림 그렇놓은 심우도
소와 눈이 마주쳤다
울음이 걸려 있는 벽면으로
워낭 소리 동동거렸다

봉인된 자리 열어줄 점오(漸悟)
아찔한 소의 울음이다
마른 숨, 울컥 들이킨다

윤장대*를 돌리다

발품 팔아 돌리는 불경
둥글게 굴려야 모난 곳이 없다
그래야 공처럼 복이 굴러올 수 있다
까막눈이어도 내 빈곤하게 살아도
공덕이 될 수 있다면 헛걸음이어도 좋다

누군가의 등 받쳐줄 경문들
숨찬 허리 쳇바퀴에 실린 간절함으로
팔괘에 의지한 굽은 몸이 펴지면
천만리 떨어진 닫힌 마음도 열리지

숨소리 점점 가빠지는 고단함이야
속말 꺼내서라도 흉한 생각 밀어내고
부르튼 발걸음 편히 갈 수만 있다면
굴렁쇠처럼 땅덩이 한쪽 굴려도 좋다

넉넉하지 못한 불전함에 속죄하듯
매달려 돌리던 가난한 소원이 미안할 뿐
새벽 발품은 가장 단단한 공덕이다

*팔각형 구조로 경전 넣은 책장을 돌리면 불경을 한 번 읽은 것과 같은 의미

94

연등 다는 아침

뒤란, 금낭화가 피었다

절집 가는 길,
연등이 금낭화처럼 열렸다

길 위에 머문 적요를 걷어내고
서로 눈 맞추며 보란 듯 피었다

산바람 와르르 맞장 하는 연등
너울렁 꽃춤을 춘다

흰나비 노랑나비 쫓듯
동자승 웃음 아름아름 달려 있다

부처 얼굴 연등처럼 환히 피신다

늙으신 탑

종종 알은 채 하던 절집 뜰,
휘둘러보아도 고요한 절간 같은 곳에
늙으신 탑 한 분 계신다

종래 그 늙으신 몸으로 요즘
허전한지 십이지신을 거두고 계신다
치맛단에 매달려 응석 부리듯
칸칸 들어찬 열두 면면의 성정
어머니 치마폭에 싸여 천방지축 나대던
응석 부리던 시절 같다

늘 술래이기만 한 어머닌
숨어 있는 나를 찾아내기 위해
얼마나 많은 속을 끓였을까
없는 죄짓던 유년 풋풋한 기억 속으로
지천명이 지난 시간이 끼어들었다

해묵은 온기 펼쳐 무릎 맞대면
빈 몸 내밀한 곳까지 거둔 어머니 손길
왁자한 걸음 떠난 늙으신 탑
감추어 둔 슬픔을 찾아 서성였다

무두불

학산 마을 가는 길
마른 샘터 머리맡 무두불*
무량한 시절을 비워두었다

바람 오가며 잠시 마실 하던
합장한 손끝에서 햇살을 마주한다
돌 적삼으로 달빛 널리는 보시
불두 없이 좌선한 나날이다

펄떡이는 심장 들키지 않게
허수아비 해진 옷깃 사이
노을빛 부화되는 가을 소문들이
어깨 위 광배로 피어난다

당간지주 길게 무너지는 하루
굴산사 터 먼발치 무형의 불두
너울너울 살아서 웃는다

*강릉 학산리 굴산사지 석조 비로자나불상

비천도를 품다

장륙사* 일주문 들어서서 숨은 티끌마저 씻으려 했네
노스님 옷섶이듯 바랜 대웅전 기둥
틈새에 숨은 선문답 찾기도 전
마주한 금빛 단청 건칠보살좌상 숙연히 눈을 감네
돌층계 오가던 수많은 공양 공덕의 흔적
오래되면 법문으로 남게 될까
하 세월 듣고 싶은 마음 울리는 비천도 비파소리
산문을 나서도 비파소리만 들리네
운서산 마루 천의자락 휘날리며 쫓아온 환영(幻影)의 비천도
푸른 날개 잃을세라 빈 가슴에 품고 있었네
몸 깊은 곳 또 하나 채워가네

*경북 영덕군 창수면에 있는 사찰. 나옹화상이 창건.

빈 몸

미역국 우러나던 날, 깊어진 생각을 따르던 견고한 걸음이 불면을 건어냈다 살결 같은 달빛 아래 자분자분 밟히는 절기 눈물 닮은 운석 몇 울다 옷깃에 머문 한기 불현듯 정신을 부축한다 가뿐한 빈 몸, 하늘은 산마루부터 깨어난다

힘 부친 시절 서성이며 살다간 거친 생각 비워지고 있는 나의 몸 드러내어도 공허하지 않을 명경처럼 환히 돋우는 생애, 남루해진 자국은 허물이다 머문 시간 가슴으로 발화되어 시린 자성(自省) 깨우는 새벽의 정신, 더 가둘 것 없는 마음 가볍다 오래 묵은 속내 다 털어내면 명부전에 이름 한 줄 올릴 수 있을까

세상을 깨우는 종소리 같은 햇살, 허공에 가득 찬 새의 울음을 본다 둥지에 문을 달지 않는 새는 태어나는 순간부터 허공의 길이다 우듬지 끝 흔들리는 길, 날개로 직조된 새의 길은 더 놓고 깊숙하다 빈 몸을 채우는 그림자, 다시 쉰여섯의 별이 뜬다

물의 혜안

저물어가는 강은 평온하다
혼탁한 것들 거두어들이는 소리

버드나무 바람에 떡 감고서
파들거리며 튀어 오르는 알몸의 빛들
고백의 순한 자세로
해조음 하는 강

낮게 드리운 바람 비워지는
저문 강변에서
찰찰 흐르는 물소리
부동의 풀꽃은
깊은 사색 무정설법 듣는 중

평온하다, 저물어가는 것은
안고 가는 물의 혜안처럼

면벽을 풀다

적요 걷어낸 미동을 열고
몸피 부풀려
수묵화 그려내는 미명

갈아놓은 먹물 찍어내듯
숨은 밤의 체취가
난 끝처럼 스쳐 간다

왜가리 하얀 비상
점안하는 날갯짓 따라
유유히 방점 찍는 푸른 영혼

팽팽하게 부풀은 아침
손 담그고 세안하는 경계
빈 몸이 선다

푸른 몸

곧 푸른 몸 사이
우수수 바람이 엮인다
푸른 몸 퉁겨놓은 소리
행로가 햇발처럼 날린다
아무렇게나 휘영청 곧은
푸른 바람들
사색 청한 적 없는데
서로 풀어놓은
푸른 싹이 돋는 마음
속을 텅 비우고서야
제 몸 울리는 이유 알았다
곧 푸른 몸에서 날린 잎
파문으로 울려 득음으로 꽂힌다
몸 깨우는 죽비 같은,
휘영청 푸른 몸

침

밤송이 열고 밤을 꺼내다
손톱 밑이 찔렸다

등줄기 타고 흐르는 소스라침이란,
찰나의 전율

탱자 가시에 꽂혀 오도 가도 못한
저 노을의 몸짓보다야 더하겠는가

사천왕문 앞에 선 발걸음
대침처럼 박혀 있다

다비

삶을 익혀 내는 아궁이 안에서
장작들이 활활 제 살 발라낸다

바람의 갈기로 직조되는 불꽃
아름다운 빛으로 풀어지는 소신

저 황홀한 의식 아궁이 뒤흔들다
장작의 심지 허물어지는 숨소리

식어가는 빈 아궁이 안에서
삶을 위한 몸 정정하게 적멸이다

설법이 끝날 무렵

삶에 대하여 이러저러 주문을 한다면
그건 차마 무례합니다

붓다도 가셨고 석가도 가셨고 여래도 가신
지난날을 두고 이러저러한다면
그래서 빈 절집엔
불두화 한 뼘 더 자라납디까

마음이 조급한 건
누군가의 들고 올 기별 때문,
눈물은 기쁨에 맺히는 답입니다

어느 산중 다른 지붕 아래 계신
붓다도 석가도 여래도 머문
다녀가신 날 지나고 나면
마음에 절인 간절함이 총총
여물어 갈 것입니다

베율로 가는 길

　히말라야 운둔의 땅, 푸르고 늙지 않은 베율*이 있어요 설산 깊이 진설된 낙원이지요 마음을 열면 닫힌 석문도 열린다는 히말라야 연화성지, 예언의 땅이지요 한없이 낮은 자세로 신께 다가서는 오체투지 베율로 가는 기도인지요 숨 뱉을 기력조차 남지 않을 가파른 언덕은 하늘로 통하는 길인가요 항아리 등짐에 담은 고행은 경건한 수도자의 마음이어요 육신 한 점도 기꺼이 바치는 천장**의 제단 주검보다 영혼을 어루만지는 보시일까요 깊은 선정(禪定)에 든 히말라야 설산 그 흰 빛, 잠에서 깨어날 나의 베율은 어디일까요 찾아도 문은 열리지 않아요 육신을 끼운 뼈마디가 저려와요 몸 비워 남긴 건 아무 것도 없는데

> *티벳 불교 창시자인 파드마 삼바바가 예언한 땅을 지칭. 숨겨놓은 수행처 또는 낙원
> **죽은 사람의 시신을 새들의 먹이로 내주는 장례법

아하, 고불매

봄빛 무심한 시절
백양사 우화루 지나치다
뒤돌아본 문득 몸이 멈춰선
빈 뜨락 나무 한 그루
허공에 진설한 생명의 무늬
아하, 봄이 피고 있었구나
한 몸에서 뻗어난 세 자매
곱게 늙으신 몸, 고불매*
아하, 마른하늘 꽃등 내걸었구나
수백 년 피고 진 묵언의 시간
헛헛한 시절 피는 향기
아하, 보살님 마음 환해진다

*천연기념물 제486호로 지정된 장성 백양사 홍매나무

법당이 작다고 부처가 없으랴

법당의 크기는 불심과 비례되지 않다는 것
허세를 버리고 빈 몸을 펼쳐 놓으면
어둠 속에서도 환하게 볼 수 있는 것
그 경쾌한 미소를 본다

사람으로 산다는 건 서로 마음속에 쌓인
보이지 않는 온갖 어긋남을 들춰내고
벌어진 틈새를 통해 묶인 매듭을 풀어내는 것
평생 깎아도 둥글게 자라나는 손톱이듯
다복한 나날 맞추어가는 여정

썩어버린 껍질을 뚫고 주목으로 회생한
법당 옆 주장자*
빈 몸도 아닌 채움도 아닌
천년 지나 푸르게 동무하고 있는 것

탄탄한 거미줄에 불거진 소슬바람이
진동 없는 맥박으로 흔들리고 있을 뿐
내 빈 몸에 무엇을 더 얹고 싶은 건지
불심과 비례되지 않는 법당의 크기

절집은 대문 없이 드나드는 몸 같은 집이다

*정암사 적멸보궁 옆 자장 스님이 꽂아 둔 지팡이가 천년 주목으로 회생. 천년
 고사목 안에 다시 새로운 주목이 자라나고 있음

울어라 울어

울림으로 깨어나 세상을 제도하는 소리들,
  법고의 울림을 운판이 받아내고 그 여운에 목어가 보채면
다독이는 그윽한 범종 소리

  지(地)
  풍(風)
  수(水)
  화(火)

  빈 곳이 울림으로써 염원에 가 닿는 것들,
  무엇을 위해 우는 것은 사랑이다

휴(休)

버거운 겉옷 다소곳 개어 놓고
감로수 한 모금 허한 가슴 채우며
하늘 한번 우러러본다

쨍하고 깨어질 것만 같은 하늘
푸르른 아득한 현기증
산등성 높이 소리개 몇 음절
고요를 물어가고

빈 몸 위에 무늬만 걸친 사심
마애불 두 눈에 점안하고
단단하게 내딛는 발걸음

탁발한 하루 가슴에 담고
이산 저산 메아리 풀고 간다

곡비(哭婢)

(2019)

모란공원

봄비, 해후의 반가움인 양 내립니다 영면의 거처를 보듬듯 적셔냅니다 언제 한 번 마주한 적 없었던 얼굴입니다 산자의 마음으로 이유 있는 눈물 허리 접어 당신을 만납니다

발길 못 미처 기억하지 못한 비명, 한 시절 못 다한 이름입니다 어느 걸음 다녀갔는지 숙연한 국화송이마다 상심을 걸어냅니다 당신의 족적 닮은 당당한 빛으로 반깁니다

푸른 산하 품은 모란공원 가슴은 활화산이 됩니다 체 게바라 지문이 살아 생생해지는 이 땅입니다 누구인가 불멸의 걸음을 위해 푸른 정신 태우며 당신에게 다가갈 것입니다

'앞서서 나가니 산 자여 따르라' 붉은 머리띠 하나쯤 품고 일터로 달려갑니다 산 자의 걸음 지킨 5월 봄비, 불구의 시절 이빨 사이 단단한 울음 몇 음절 발아되고 있습니다

고요하고 거룩한 밤에

가난 들먹여 굶는 것보다 서러운 막장, 동발 메고 공룡아가리 전사처럼 진격했지 허기 걷어낸 입안에 고이는 어둠의 침전물, 탄가루 격렬했던 밤을 생환하면 부끄러운 시야는 늘 헐어 있었지 아침은 안면부지 깊은 늪, 퇴적의 지문 선명한 흔적을 담보로 햇살 풀은 막걸리 한 사발이면 족했지 도계집 주모 두툼한 손목이 안주였지 고요하고 거룩한 밤, 폐부 깊숙이 죽음을 탐하던 절망 더 이상 거역할 수 없는 유폐처럼 깊고 아득한 독방

가슴에 은닉한 탄탄한 적 또, 만들며 살았지

갱도 위에서 불꽃처럼 실어 날랐던 청춘 우리만의 경계 아득한 독방, 기억하지 못한 기록으로 떠났지 폐광처럼 조용한 진폐병동, 오늘은 천상으로 가기 얼마나 좋은 날인지 고요하고 거룩한 밤에

사월의 비

　얼마나 많은 눈물 저 안에 고여 있어 바다는 요동칠까 움틔우지 못한 나무들 섬뜩한 봄, 깊은 수면 중인 청춘을 생각한다

　붉은 꽃잎 기다리는 혹독한 4월의 아침 푸른 소리로 일어서야 하는 봄, 설익은 땅위 비가 내린다 받아되지 못한 마음이 묻힌 바다 고스란히 눈물로 받아낸다 팽목항 오열의 침침한 슬픈 안녕 4월의 비, 바다에 흘러내린 빗물 방울방울 심장에 닿는다면,

　울지 마 울지 마
　단(丹)치마 입은 나의 누이여,
　꽃잎 한 잎 한 잎 띄워주지 않으련

워낭소리

정겹던 이름 하나 둘 사라졌다
슬픔은 눈물로 봉합되지 않아
실어증만 쌓여 가슴이 먹먹해졌다
마지막 고삐 풀린 텅 빈 외양간
발굽 갈라진 그 이유 하나로
번제 같은 죽음의 강요
농부는 가슴 치는 습관이 생겼다
이별을 숨겨야 했던 단출한 식사
구유에 배인 청청한 워낭소리
점점 닳은 기억이 메아리로 울린다
무량한 배웅도 없이 돌아서서
눈방울 총총 괴어 있던 붉은 눈가
잘라낸 자리에 시름만 깊어졌다
아무도 기억하지 않는 순장(殉葬) 터
사선의 생석회 채 걷어내지 못했다
논두렁 밭두렁 향한 묵언의 일생
하얗게 속을 태운 가슴 언저리
딸랑, 워낭 하나 남긴 정표였다

불가촉 시인

항복처럼 내려놓은 나의 시편 슬하에
후회막급으로 번지는 나태한 시인이여
내 몸을 향유하던 교만으로 채운 흔적
시가 되지 못한 펜이 나를 꺾어버렸다
바로세우지 못한 세상 낡은 변명으로
속죄에 이은 눈물이라는 걸 안다
쓰고 싶은, 누군가의 정신을 흔들던
금이 간 용기에 기인한 헐한 대가로
무릎을 꿇고 파문당한 실명(失命)의 문장
생각이 깊다고 써지는 글도 아니지만
마음 내준다고 더더욱 시가 되지 않지만
혼신이 빚은 과욕 갈등과 갈증 사이
혁명의 도화선은 한 줄 글이 필연이었다
불온의 시절 지독한 울음을 견뎠던
펜을 호명하는 순간부터 시의 형벌일까
내 품안 얼마나 많은 빚이 쌓였던가
시절 앞에 부끄러움을 모르는 나의 시들
무능을 시인할 수밖에 없는 빈약한 정신
작은 굴곡조차 안 거친 절정의 후회 앞에
알량한 나는, 천생 불가촉 시인
나의 첫 문장은 그래도 푸르렀는데,

개마무사를 보다

아, 흩어졌던 가물가물한 시간 저편
밀폐된 문을 밀치면서 발현된 사랑
동경으로 그친 시절, 너를 만나
기억된 학습 파기하고 나의 의지로 섰다
벽을 두고 가슴 울리게 했던 열병
감금된 역사 자물쇠로 열고
개마무사*, 대륙의 잠을 깨운다

미간을 차오르는 포효의 갈기
땅을 차는 굽 소리 달리고픈 욕망이었을까
박차에 채이고 싶은 말 등
비치는 햇살에 철갑이 출렁거렸다
울부짖는 말울음 다시 듣게 되었다

박제가 아닙니다 녹슨 박차를 차면 말굽소리 울리며 뛰쳐
나갈 수 있습니다 제갈을 풀면 갇혔던 욕망이 산하를 호령하
는 포효입니다 붉은 갈기 세우며 중원을 울리던 개마의 절규
를 보아요 억새밭 가로지르는 말굽의 편대, 우리의 시대는 죽
지 않아요

아, 나의 푸른 대륙아

*고구려 철갑기병

다정한 폐허

뱃구레 텅 빈 허기 조등처럼 내걸린 가로등 지나 골목 끝 가난한 이름의 다정한 폐허를 찾아가요 거친 하루 악다구니 한 기억 편집하면 웅숭그린 눈물만 흐르지요 미라처럼 버석거리는 담요 안으로 육신이 동반하는 추위부터 햇빛의 관계가 그립다지요 탄력 있는 아침을 기대고 싶은 희망도 잠시 거적문을 힐난하는 음습한 안개가 감시자처럼 도열해 있고요 발가벗긴 골목 안으로 슴슴한 소문만 몰고 다니는 방언이 두려워 몸이 굳어버리죠

부자와 가난은 뫼비우스 띠 같아 난청의 골목에서 움트는 소문 어떠한지 모르지요 새 봄날 기다리는 재개발단지 다정한 폐허에서 가난한 이름 김씨 문패를 지켜낼 수 있을까요 훗날 누군가 살았던 흔적이 달갑지 않은 기억으로 남지 않을까 해요 귀가시간이 그리운 거리에서 익사체로 떠다니는 정체불명의 재개발이라는 단어 가난을 사찰하듯 송곳처럼 세워지는 타워 크레인 저기, 저 지나가던 바람이 '공약(空約)'한 말씀 한 구절 꿰고만 있네요

'결사생존' 머리띠 묶은 골목 끝 김씨 문패에 맞선 타워 크레인 슴슴한 소문만 부추기고 농락당하는 공약(空約)만 가

득하군요 행복한 시간은 선거전단지 뿌려지던 시간뿐 송곳처럼 솟은 재개발단지 다정한 폐허를 봉합하는 내일은 기약할 수 없군요 가난한 김씨의 유품처럼 낡은 문패들 다 폐문으로 찢겨져요 가난한 거리에 흩뿌려진 공약(空約) 같은 공약(公約) 패거리로 몰려다니는 바람이 다정한 폐허에 풀어놓은 치사량 이를 수 있는 약속, 공약(空約)

곡비

양반 상주를 위해 대신 곡하는 여자 노비가 있었다.
오늘날 그런 일을 하는 사람은 없는 걸로 알았다.
그러나 곡비(哭婢)의 존재는 엄언한 현실이다.

동리(洞里) 순실이는 우리들 누이다 다정한 이름이다 슬픔 뒤에 숨어 미소로 눈 맞춤하던 순실 누이가 흘린 눈물 본 적이 없었다 방직공장 미싱사 누이 손에서 풀리는 실보다 더 긴 밤 가난한 식구 쌀값을 위해 삼켰던 속울음, 우리들 누이다

기이한 굿판이 열렸다 작두 위에서 읊은 연설문 몇 줄 첨삭은 접신 시작이다 당당히 궁민(窮民) 미생(未生)을 등친 칼춤이다 그에게서 국민은 권력관료, 궁민은 개돼지 축생들이다 열두거리마다 망령으로 복제한 수렴청정, 대한민국 주인은 '순실'이 소유물이었다 곡비(哭婢)를 앞세워 웃는 성대한 행차 밀애를 탐닉하는 비밀스런 가면무도회

시를 끄적끄적 각색하고 고쳐주는 비책이 있었으면 했다 미화된 내 시에 속아주었으면 하는 바람도 있었다 핍박에 분노할 줄 모르고 침묵하던 지난 시절 내 시가 울어야 할 때, 은유나 수사를 요리할 재간이 없으니 시인이란 자격을 흉내 낸

텅 빈 머릿속이다 '순실'이 냉소가 환영으로 아득하게 숨는 소실점 시벌시벌* 촛불 드는 이유

　푸른 저 바다 빌봉된 울음을 유서로 남긴 깊은 수렁이다 촛불 밝히는 이 땅에서 우리들 인내가 필요할까 서녘 산 그림 자 끌고 휘청거리는 노파의 바퀴 빠진 유모차 울림이 두 귀를 휑하게 담근다 걸음보다 앞서 삐걱거리는 슬픈 귀가, 울림은 우리의 숨은 몸짓이다

　　*詩罰.

소금꽃

자신도 모르게 햇살 총총 꽂히는 아버지 몸짓은
팽팽한 허공에서 아슬아슬 외줄타기 광대였습니다
너울 펄럭이던 마른 해초 같은 작업복
굽은 등 가족을 지켜낸 삶의 경전입니다

상고대처럼 피어난 소금꽃이 드러날까
에돌다 골목 밖 어둠까지 지고오신 아버지
뽑아낼 수 없는 굄돌 하나 가슴에 박혀있듯
마름질 못 다한 어느 집 기둥이 늘 서 있습니다

노래 끝이 두렁길 따라 휘어지게 울리던 귀가길
종종걸음 뒤꿈치 추궁하듯 이방인 같은 골목 안은
시린 하늘과 별 허공을 훑으며 걷는 새벽이라는 길
가스러진 작업화 뚜걱이며 내딛는 첫 발걸음입니다

유년의 불통 먹줄 튕겨 선명한 선을 잇고 싶은 지금
팽팽한 허공에서 휘어진 등으로 피워낸 향기 없는 꽃
아버지 땀샘이 부조된 이름으로 기둥 어디엔가 심어진
온전히 부신 소금꽃 무늬 찾아내고 싶습니다

거친 숨결로 받아낸 땀이 타들어간 밀지, 소금꽃
꽃 피웠으나 꽃씨 한 톨 받아내지 못한 아버지 생애
유년을 다시 키우고 싶은 꽃이어서 더 아린 고해성사
아버지의 눈물, 소금꽃을 키우고 있습니다

프로크루테스 침대

몸통을 삐쳐 나온 것이 눈에 거슬렸다 가지 하나 잘랐다
나의 생각도 잘렸다 몸은 명령에 의탁하는 술수를 배웠다 불
편한 완장 하나 가슴에 간직한 나는 권력의 허수아비다 몸도
마음도 주체성이 몰락한 공무원이다 명령적 주술에 사로잡
힌 맹종의 포로다 사지 멀쩡한 육신, 행동은 장애다 지침서
한 장에 끌려 맥없이 주저앉는 허수아비 나의 마지막 양심은
무엇인가 상명하복 하는 자는 민중과 다른 선민인가 공직은
멸사봉공의 허물을 쓴 매판이다 그 맹종의 역사, 이 땅 무저
항의 민중은 나의 동지다 다리, 팔에 독침을 꽂고 끝내 정신
마저 죄는 권력이여! 배신의 헌법과 프로크루테스 침대는 다
른가 작두날 받쳐 든 선서 앞에 질긴 노래 불러보자 불식간
해고된 내 이웃의 일터 동지인 그가 목매 세상을 등졌다 공직
이여, 나는 종복의 환희를 거두겠다 프로크루테스 침대 해체
를 위한 맨 몸의 천형, 모든 희망의 뿌리는 불꽃이 시작이다
부디 칼날이 나를 벨 수 있기를,

낙타의 등

별빛을 걷어차는 밤, 사막에서
모래 둔덕에 발목 접힌 행로
어둠은 발자국 없이 낮게 엎드릴 뿐
낙타는 결코 쓰러지지 않았다

낙타의 등이 기댈 수 있는 것은
흩어지는 바람과 부서지는 모래뿐
그래서 깊은 밤에도 아버지의 등은
늘 어둠 속을 기대며 사셨다

노역 짊어진 지게의 위풍이듯
절룩이며 발목 묻히는 저릿한 시간
무거움을 내려놓지 못한 그리움이
아버지가 지나가신 걸음이었다

어둠을 짊어지신 아버지 걸음은
늘 희망을 기웃거린 저녁이 봉인된 여정
가장의 배후에 길들여진 발바닥으로
낙타 등을 내가 짊어지고 간다

아침마다 우화하는 남자

겨우내 몽상 깬 나비는 나래짓 하는데
7년 해탈한 매미는 여름 한철 목청 돋우는데
매미보다 더 긴 수 곱절 해를 보낸 나는,
수없이 우려내는 파문 속 휘젓는 젖은 날개

껍질 같은 이불 속으로 다시 들어갔다
아침이면 허물 벗듯 기어 나와
굼벵이처럼 자양분을 짊어내야 했다
매일매일 탈피를 기도하는 나는
날 수가 없다 맘껏 울 수도 없다

쉼 없이 물어다 나르는 개미 행렬처럼
원초적으로 미래의 생각을 품은 집 한 채
반복의 껍데기만 부실하게 남은 공간이다
날지 못하는 내 무거운 일상의 껍질을 깨면
궁벽한 처소 고치에서 걸어 나와야 하는 몸
생애가 담긴 출근의 아침은 시간이 시리다

우듬지 끝 깃털 같은 잎이 그은 파문 뒤로
비상하는 새들은 언제쯤 날개를 펴는지 안다

나의 탈피는 다시 익명의 하루에 갇힌 몸
아버지의 부장품으로 가장을 상속하였으니
녹슬어가는 시대 아직도 우화(羽化) 중인 남자

검은 전사

내 유년, 탄광촌 아버지들을 검은 전사라 불렀다

초여름 감나무 가지 사이 숨은 왕매미 맹렬히 울던 날, 긴 잎 느티나무 굵은 가지 무수히 부러졌다 달빛 흔들린 탄광촌은 바람을 탄 블랙홀이었다 가슴에 가라앉은 울음이 산비탈을 휩쓸었다 자정 넘어 어머니들은 성긴 머리칼을 나부끼며 비보를 채근했다 광차에 실려 온 실낱같은 희망을 외면한 아침, 막장이었다

꽃상여 떠나는 길, 비가 통곡했다 장송곡처럼 울리던 장대비 탄광촌을 쓸어가듯 내렸다 씻김굿 추렴하듯이 흘린 저탄장 검은 눈물 생의 유품으로 남은 어머니 발뒤축을 흉물스럽게 물어 뜯었다 회차할 수 없는 갱도로 다시 보내야 했던 검은 땅,

붉은 감이 경계도 없이 하늘에서 붉게 아우성이다 바라지창 아래 걸린 먹빛 작업복, 내 유년의 목록에 기억된 탄광촌 아버지들처럼 사택의 젊은 어머니는 검은 전사가 되었다

겨울 강 푸른 뜻

(2020)

공복의 들녘

직립의 모든 것 꺾여나간

푸르른 청춘 지나간 날,

집중 없이 황량해지는 순간

공복의 들녘,

기러기 서럽게 전하고 날아갔다

바람의 지문

혹독한 겨울바람에는 지문이 숨어 있다

엄동의 깊은 새벽일수록

창가에 머물다가는 시린 바람

풍경을 죄 지워버린 창문에

바람의 지문, 흰 꽃이 피었다

동지

동짓날 팥죽 쑤는 날,

바람이 부엌문 흔들고 지나갔다

별자리 후두둑 떨어지는 새벽까지

가마솥 아궁이 앞

낯익은 모습의 어머니가 계신다

마음에 더는 채울 수 없어

어머니는 늘 자식 뒤편 그늘에 사셨다

겨울 강

겨울의 강은 가끔 자신을 비춰보는

맑은 거울이 된다

쓰다 달다 지나온 한해의 이력

겨울의 강은 나의 고해가 투영된다

지독한 청춘을 기억하고 있다며

속죄하지 않겠냐고 묻는다

눈꽃, 피다

눈 내린 아침은 온화하다

겨울의 담장을 허무는 사이

눈꽃으로 수혈 받은 나목의 몸,

네가 두고 떠나온 봄이었으니

부르면 곧 오리라

청춘에 대한 깊은 명상 중이다

무화과

정분나는 시절, 알지 못했네

주머니 속 이룬 사랑, 볼 수 없었네

은밀한 사랑, 꽃 핀 줄 몰랐네

붉어지는 염치, 숨기지 못하네

입술 벌어지는 동안 그 비밀 첫,

달콤하게 털어놓을 수밖에 없었네

서리

흥분을 숨기고 간 원두막

그곳을 지나가기 전,

발끝을 세운다

은밀한 행위

달도 별도 모르게 하는 것이다

능소화 지다

사랑은 맹목이 아닙니다
순간까지 화려해야만 했습니다
붉게 뱉어낸 침묵의 말,
꽃 몸은 떨어져도 마음은 날개여야만 했습니다
푸른 잎 멀어져야 비로소 전생이 출렁거립니다

눈에 걸린 꽃잎, 소화* 지다

*궁녀 소화

햇밤

바람이 내놓으라 보채니
툭,

저 가시 돋친 입 열고
선심 쓰는 밤톨 몇 쪽

다람쥐 불거지는 저 입가
꽃도 닮을 헤픈 웃음

그 모습 내려다보더니 다시 한 번
쩍,

해설

빈 몸으로 그린 자화상
—정석교의 시세계

남기택(강원대 교수, 문학평론가)

1. 시어의 조건

언어는 인간이 인간일 수 있는 선험적 조건이기도 하다. 인류의 역사 속에서 언어의 발견은 그야말로 신이 내린 기적의 구체태라고 규정할 만하다. 이성적 사유의 전제 조건으로서 언어가 지닌 의미에 대해서는 재론의 여지가 없으리라 본다. 오늘날 로고스 중심주의(logocentrism)의 역사적 맥락과 보편적 의미 및 한계는 하나의 상식인 줄 안다. 이 자리에서 생각해 볼 문제는 시학이 다루어야 할 언어의 층위 차원이다. 언어예술 중에서도 가장 경제적인 장르인 시는 언어의 고차원적인 운용과 양립할 수 없다.

오늘날 담론의 수위에서 시어를 규정하는 입장과 이론은 다양하게 존재하고 있다. 따라서 시어가 갖추어야 할 조건을

단순하게 일반화하기 어렵다. 그럼에도 불구하고 분명한 것은 현대시의 발생론적 기원, 이를 포함하여 전 세계적으로 보편화된 문학의 범주 규정이 분명히 존재한다는 점이다. 그 속에서 시어는 일상적 기호이되 사전적 의미를 넘어서는 미적 장치가 된다. 다양한 수사와 배치를 통해 미적 거리가 생성되는 일련의 메커니즘은 고도의 추상을 동반한다. 시어는 언어가 도구 단위에 한정될 수 없는 일종의 주술적 장치임을 단적으로 증거한다.

우리 문단의 시적 경향은 그야말로 다단하지만, 시어의 운용 방식에 따라서도 구분될 수 있다. 대표적인 사례는 일상어의 용법을 준용하면서 조탁을 통해 서정적 감성을 전달하는 방식일 것이다. 이른바 지역 문학장의 많은 시편들에서 이러한 운산 양상을 접할 수 있다. 강원 영동권 문단에서 주로 활동했던 정석교(1962~2020) 시세계 역시 일상적 생활 문학의 전형적 범주를 예시하는 경우이다. 1997년 『문예사조』로 등단한 시인 정석교는 2001년 『산속에 서니 나도 산이고 싶다』를 상재한 이래 모두 7권의 시집을 남겼다.* 강원도 삼척이 고향인 시인은 인근에서 학업을 마치고, 지역 공공기관에서 오래 근무하던 중 생을 마감했다. 문학 활동 역시 강원 영동권 문단이 주요 무대였던바 해당 지역 문학장의 현황과 실체를 지시하는 대표적 사례라 할 만하다.

---

* 정석교 시인의 시집은 다음과 같다. 『산속에 서니 나도 산이고 싶다』, 메아리출판사, 2001; 『꽃비 오시는 날 가슴에 꽃잎 띄우고』, 시와시학, 2011; 『딸 셋 애인 넷』, 해가, 2013; 『바다의 길은 곡선이다』, 북인, 2015; 『빈 몸을 허락합니다』, 밥북, 2017; 『곡비(哭婢)』, 리토피아, 2019; 『겨울 강 푸른 뜰』, 그늘빛, 2020. 이하 작품 인용 시에는 시집 제목만 표기.

여울지는 산간수에 마음을 담그면

나 또한 떨어지는 폭포수처럼

빈곤의 헐거운 자만심 풀고

산산히 부서지는 허울

산을 닮은 물빛 푸르게 물들어

하늘자락 둥글게 감싸안고

내 안의 그림자 소중히 세안해

쪽빛처럼 고운 마음 가질려나

새소리 닮아가는 산골바람

해질녘까지 도란도란 정겨운 이야기

메아리되어 전해지는 소야곡

가슴 한켠 솟아나는 수줍은 사랑

　—「산속에 서니 나도 산이고 싶다」(『산속에 서니 나도 산이고 싶다』) 부분

　정석교의 첫 시집은 시인의 고향 인근에 소재한 소규모 출판사에서 제작되었다. 당시에는 '국제표준도서번호(ISBN)'를 달지 않았고, 그런 만큼 오늘날 '서지정보유통지원시스템'에도 관련 데이터가 없다. 지역 문학장의 자료들 중에서 이와 같이 전문 유통이나 공급이 전제되지 않았던 경우가 많은데, 그 같은 자료들은 지금 시점에서 텍스트를 접하기조차 힘든 실정에 놓여 있다. 오늘날과 같은 디지털 아카이브 시대에, 관련 문단의 활성화는 물론 한국 문학장의 체계적 정리 차원에

서도 문제적으로 재고해야 할 구도이다.

위 작품은 시집의 표제가 된 것인데, 제목 그대로 산속에 깃든 화자가 넉넉한 산의 물성을 닮고자 하는 동일화 욕망을 진솔하게 표현하고 있다. 특별한 수사나 시어의 긴장된 배치가 발견되지는 않는다. 일상적인 언어를 정제한 후 적절한 음보 단위로 행을 구분하는 전형적인 단형 서정시의 양상이라 하겠다. 여기 담긴 정서나 주제는 그야말로 아름다운 것이다. 한편 그런 만큼 지각의 연장을 수반하기는 상대적으로 어렵다. 사유를 통해 시어와 감각 사이의 거리를 확장하는 계기가 현대시의 중요한 미덕이라면, 위와 같은 텍스트는 읽는 동시에 의미가 고착화되는 수용 과정을 벗어나기 곤란하다. 이는 정석교 시의 표현대로 "메아리되어 전해지는 소야곡"과 같이 중세 세레나데 류의 감성을 현대 서정시로 재현하려는 구상을 선택한 이상 귀결될 수밖에 없는 한계 조건일 것이다.

2. 장소성의 길항

자연을 이용한 서정적인 감상의 표출은 정석교 시세계에서 특화된 요소임이 분명하다. 주목해야 할 문제는 장소 경계의 중층적 양상이어야 한다. 이 말은 순수 서경이라는 분명한 외장과 달리, 정석교 시의 장소 소재가 다양한 방식으로 전유되고 있음을 뜻한다. 단순한 포즈 속에 담긴 섬세한 차이를 감각할 수 있을 때 정석교 시 본령과의 공명은 더욱 깊어지게

될 것이다. 이 연역적 명제를 뒷받침하는 논거로서의 작품들이 초기 시세계 속에서 손쉽게 발견된다.

정석교는 첫 시집에서 「죽서루에서」, 「삼척역」, 「오십천」, 「신리 너와집」, 「무릉계곡」 등을 통해 고향 주변의 대표적인 장소 지표를 시화한 바 있다. 고향에서의 삶을 바탕으로 구체적 장소에 대한 오랜 천착이 결과한 작품들로 보인다. 여기에는 풍경 묘사만이 포함되지 않는다. 불특정한 공간에 장소성이라는 경계를 형성하는 것은 결국 인간의 삶이요 관계일 수밖에 없다. 그리하여 "파고만 부추기며 뱃전으로 모여들던 / 한무리 갈매기도 그 전만 못하게 / 더문 더문 칼날같은 수면위에 / 헛 울음만 괸 정라진 앞바다"(「정라진 어부 천씨」, 『산속에 서니 나도 산이고 싶다』)와 같이 정라진 바닷가에 일생을 바친 어부의 삶과 세태 변화가 자연의 물성에 인격을 부여하며 처연한 장소성을 재현하기도 한다.

한편 이 작품은 14년의 시간이 흐른 후 네 번째 시집인 『바다의 길은 곡선이다』에 다시 등장한다. 내용을 일부 수정하고, 특별한 주석 없이 동일한 제목으로 수록되었다. 제목 그대로 바다를 배경으로 한 어부의 서정적 일대기가 동일하게 반복된다. 정석교 시세계 내에는 이처럼 같은 표제가 시간이 흐른 뒤 다시 등장하는 양상이 일부 발견된다. 이 작품 이외에도 「들꽃」(『산속에 서니 나도 산이고 싶다』와 『꽃비 오시는 날 가슴에 꽃잎 띄우고』), 「오불진 사람들」(『산속에 서니 나도 산이고 싶다』와 『바다의 길은 곡선이다』) 등을 예시할 수 있다. 같은 제목 아래 소재와 주조가 유사하면서 표현 방식을 부분적으로 수정한 경우에 해당된다.

제도적 차원으로 볼 때 이러한 배치는 엄격함이 결여된 현상이기도 하지만, 대개는 시인 자신의 기준에 따라 작품을 갱신한 흔적일 것이다. 앞에 인용한 작품의 경우 "반백의 삶 해풍에 돌려준 바다/정라진 어부 천씨,/고물에 매달린 갈매기 어지러운 울음만 괸 입항/버겁게 끌어올린 그물마다 파도만 팽팽했다"(「정라진 어부 천씨」, 『바다의 길은 곡선이다』)와 같이 정라진 바다의 물성으로부터 천씨라는 인물의 내면 정서로 강조 국면이 전이된 양상이라 하겠다. 결국 이들은 정석교 시가 체현하는 고유한 장소성이자, 자기 갱신을 통해 로컬 히스토리를 변주해 가는 일련의 과정으로 볼 수 있다.

돌에 물을 준다 습관처럼
풍란 몇 촉
여리게 돌을 감싸 안고
말라가도 혼자서는 마르지 않겠다는
매일 돌에게 물을 준다

물을 머금을수록 더욱 단단해지는
돌의 입자들
탱탱해지는 난(蘭)의 뿌리들
깊은 강바닥 한낱 돌이었을 때
너의 뿌리는 암반이었을 터이고
부드러운 흙 속이었을 때

너의 뿌리는 씨앗이었을

돌에게
수태할 수 있게 물을 준다
강물 같은 흙 속 같은
뿌리의 행적을 찾기 위해
꽃이 피었다
돌에게도 꽃이 핀다는 사실
물을 주면서 알았다

—「석부작, 돌에 물을 주다」(『꽃비 오시는 날 가슴에 꽃잎 띄우고』) 전문

　　장소성의 변주와 관련하여 정석교 시세계에 자리하고 있
는 물활의 지평을 강조할 필요가 있다. 이는 장소 속에 내재
된 인위적 관계를 자제하고, 최대한 물성 자체에 주목하는 시
선의 국면을 가리킨다. 예컨대 위 작품은 돌과 뿌리를 소재로
자연의 본성이 무엇인지를 보여준다. 석부작(石附作), 즉 난이
나 분재를 돌에 붙이는 관상용 장식품은 철저히 인위적인 존
재이다. 석부작의 가치는 인간의 시선으로 재단될 때 비로서
미적 의미를 완성할 수 있다. 하지만 화자는 돌의 입자와 난
의 뿌리가 지니고 있었을 원형의 감각을 궁구하고자 한다. 그
것은 인간의 정동 너머에 존재하기에 인위적 감각으로 포착
될 수 없는 무엇이다. 따라서 '돌의 개화'는 돌과 난에 고유한
물성을 드러내고 있으며, 그 놀라운 발견에 관한 적실한 비유
에 해당된다.

이처럼 다양한 장소성을 시화하는 정석교 시는 고유한 개성을 통해 로컬 히스토리를 정립시키고자 한 실천적 사례로 지역 문학사에 기록되어야 한다. 앞서 본 다양한 장소 소재의 내면적 전유 양상을 포함하여 장소와 자연이 지닌 물활의 지평을 표출하려 한 점에도 주목해야 할 것이다. 위의 「석부작, 돌에 물을 주다」를 비롯하여 「번개시장 어물전에는 예수가 산다」(『바다의 길은 곡선이다』)와 같은 작품은 정석교 시세계에 자리한 물활의 지평을 증거하는 대표적 사례라 하겠다. 정석교 시의 로컬 히스토리 구성과 관련된 진정성 문제는 문학사회학적 분석을 통해서도 충분히 입증된다. 그는 강원 영동권 지역 문단의 대표적 단체인 '두타문학회'에서 활동을 지속했으며, '강원작가회의' 회원으로도 꾸준히 참여해 왔다. 또한 2006년부터 동해, 삼척을 거점으로 하여 일부 작가들이 결성한 '작가동인동안'의 창립 멤버로서 지역 문학장의 활성화를 위해 작고 시까지 헌신하였다. 이처럼 시인과 시와 단체가 융합된 지평 속에서 길항하며 로컬 히스로리를 전유해 온 사례는 관련 문학장의 소중한 성과가 아닐 수 없다.

3. 육체, 실존의 거처

시어를 통해 자신의 뿌리를 기억하고, 스스로를 반성하며 윤리적 성찰을 요구하는 과정은 시인의 입장에서 중요한 덕목이자 미학에 해당될 것이다. 이러한 일련의 과정을 누구보다 준열한 자기 재현의 과정이라고 할 수 있다면, 그것은 곧 시로 그리는 자화상과 다를 바 없다. 그렇게 볼 때 정석교 시에는 수많은 자화상이 등장한다. 어머니, 아버지, 누이, 부인, 딸 등등 가족사를 소재로 한 빈번한 연대기는 정석교 시세계 전반을 관통하는 메인 모티프와 같다. 「자화상」이라는 표제를 내세운 작품도 두 편 존재한다. 먼저 "사시사철 똑같은 햇살이／창가에 놓인 무테 안경속으로／무심히 비쳐지는 오늘 아침／어머니를 닮아가는 내 얼굴을 본다"(「자화상」, 『산속에 서니 나도 산이고 싶다』)에서는 '어머니 얼굴을 그리며'라는 부제가 환기하는 것처럼 선친을 통해 발견하는 자아의 모습을 진솔하게 그린다. 한편 "매일 접하는 일상의 생활이지만／폐부 깊숙이 박혀 지나가는 나이／지천명,／궤도 따라 한 치 어긋남 없이 달려오는／열차의 일상적 질주"(「자화상」, 『딸 셋 애인 넷』)에서는 내면적 성찰에 집중하는 양상을 보인다. 지천명에 접어든 화자가 성숙한 시선으로 존재의 운명을 고적하게 진술하는 어조가 인상적이다.

　　미역국 우러나던 날, 깊어진 생각을 따르던 견고한 걸음이 불면을 걸어냈다 살결 같은 달빛 아래 자분자분 밟히는 절기 눈물 닮은 운석 몇 울다 옷깃에 머문 한기 불현듯 정신을 부축한다 가뿐한 빈 몸, 하늘은 산마루부터 깨어난다

　　힘 부친 시절 서성이며 살다간 거친 생각 비워지고 있는 나의 몸 들어내어도 공허하지 않을 명경처럼 훤히 돋우는 생애, 남루

해진 자국은 허물이다 머문 시간 가슴으로 발화되어 시린 자성 (自省) 깨우는 새벽의 정신, 더 가둘 것 없는 마음 가볍다 오래 묵은 속내 다 털어내면 명부전에 이름 한줄 올릴 수 있을까

　세상을 깨우는 종소리 같은 햇살, 허공에 가득 찬 새의 울음을 본다 둥지에 문을 달지 않는 새는 태어나는 순간부터 허공은 길이다 우듬지 끝 흔들리는 허공, 날개로 직조된 새의 길은 더 높고 깊숙하다 빈 몸을 채우는 그림자, 다시 쉰여섯의 별이 뜬다

—「빈 몸」(『빈 몸을 허락합니다』) 전문

　정석교 시세계 내부에는 양질전화라 할 만한 비약의 순간이 자리하고 있다. 그 흔적은 다섯 번째 시집인 『빈 몸을 허락합니다』에 집중되어 드러난다. 표제로부터 부각되고 있는 것처럼 사유의 대상이 '나'와 같은 대명사나 관계가 전제된 가족 단위로부터 벗어나 '몸'이라는 신체에 집중된다. 몸은 실존의 증거이고 욕망의 대상이다. 그것이 또한 감각의 근원이라는 점은 무수한 예술이 신체를 부르는 주요 동인이기도 하다. 몸에 존재의 무상함이 각인됨을 깨달은 불가에서는 육체를 벗어나 적멸에 이른다. 적멸은 곧 법신의 체득이라 하니 몸의 기연이 불생불멸에 이른다.

　정석교의 『빈 몸을 허락합니다』는 시집 전편을 관류하며 몸의 계행을 자처하고 나선다. 이러한 감각의 전이에는 분명 어떤 계기가 존재할 것이다. 그 사이에는 불치병을 앓게 되는

비극적 상황이 매개되어 있다. 실제 시인은 치료법이 없는 혈액암을 앓게 되었고, 2020년 갑작스런 죽음은 결국 그 병으로 인한 것이었다. 발병은 정석교 시세계 변모에서 중층결정의 기제였음이 분명하다. 적멸 가까이 섰던 신체이기에 위와 같이 "가뿐한 빈 몸"을 "더 높고 깊숙"한 허공으로 채울 수 있었으리라. 와병, 산행, 그리고 몸을 지움으로써 타자의 감각을 생성하려는 지양이 스스로를 위무하는 일련의 고투와도 같이 읽힌다.

무수한 몸들, 그러나 텅 빈 그것. 아서 프랭크의 표현을 빌리면 이는 '소통하는 몸'(최은경 역, 『몸의 증언』, 갈무리, 2013)의 이미지들이다. 이윽고 "물의 혜안"(「물의 혜안」, 『빈 몸을 허락합니다』)을 보고, "단단한 소리"(「면벽 1」, 『빈 몸을 허락합니다』)를 듣는다. 기존에 볼 수 없었던 처연한 언어들이 연기의 세계를 그린다. 견고한 물활의 지평이 여기에 연동되고 있다.

> 2002년 3월 23일, 군사정권에 빼앗긴 노동자라는
> 이름을 되찾는 첫걸음이었다.
> 2004년 11월 14일, 총파업으로 2,622명이 징계,
> 455명이 파면 해임되었다.

창살 너머 수런거리는 메아리 '공무원도 노동자다' 남루하게 잃은 자존심 빈사상태의 늪에서 허우적거렸다 꿈결, 저벅저벅 조여 오는 방패 든 군홧발 거리의 울음이 곧은 걸음 지울 수 있으랴 석관 속 미라 수액 빨린 목이 마르다 감금된 창살 끝 쭈뼛

한 마음 따갑다 복직을 억압하는 밤 가라, 그대로 가라

집시법 위반 훈방되던 날, 호흡을 다시 토해낸다 몸 위로 잠
겼던 늪이 빠져나간 눈물 마른 자리 푸른 싹이 돋았다 가슴 저
리게 원직복직 외친 가쁜 숨결 담벼락을 넘는다 어깨 맞대며 먹
는 길 위의 식사, 밟혔던 하루가 일어난다 다시 거리에 선다

온몸으로 말할 때 독기는 희망을 품는 것과 하나의 동의어,
희망은 빛나는 햇빛 같은 것, 저버릴 수 없어 눈을 뜬다 그래,
물고기는 죽어도 절대 눈을 감지 않았지 내 생의 아름다운 날,
　　　　　　　　　　　—「가라, 그대로 가라」(『곡비』) 전문

시인의 자화상 역시 변모되는 모습을 보인다. 『곡비』는 사
회적 관심과 개인적 삶을 리얼리즘의 정공법으로 묘사하는
새로운 국면을 연출한다. 위 작품에서 화자는 2000년대 초반
의 공무원노조 운동을 재현하고 있다. 기존에 볼 수 없었던
문체와 시형이다. 형식적 변주는 내용의 전이를 동반한다. "내
생의 아름다운 날" 뒤에는 휴지 기호인 ","이 붙는다. 이 기호
는 현실과의 길항이라는 '아름다운' 삶이 여전히 종결되지 않
은 현재형의 과정임을 상징적으로 체현하고 있다.

정석교 시세계 내에서 가족사의 확장은 사실 이미 예비된
것이기도 하다. 「월계이발관」(『딸 셋 애인 넷』)을 대표적 사례로
들 수 있다. 5장으로 분절된 이 작품은 "월계골 어귀 붓끝 하
나 힘차게 살아있는/양철간판 '월계이발관'"의 생성과 소멸

과정을 그린다. 분장 형식이나 대상에 대한 서정적 서사 형식을 취한다는 점에서도 정석교 시세계 내에서는 특이한 분기점을 이룬다. 이 작품에서 화자는 철저하게 내면을 감춘 채 이발사의 운명을 객관적으로 묘사하고자 한다. 결국 시상 전개는 "가슴에 남겨진 월계이발관 노 이발사/말끔한 흰 가운 구름이 되었다/째깍이는 가위소리 바람이 되었다"로 마감되는데, 이러한 종결구 역시 처연한 슬픔을 구름과 바람의 물성으로 대체하는 의뭉스러운 포즈가 아닐 수 없다. 가족사나 육체가 공동체 구성원의 일원으로 확장된 형국임은 물론, 일상 속의 애증이 시적 가치일 수 있음을 미적 거리를 유지한 채 발견하는 양상이라 하겠다.

가난 들먹여 굶은 것보다 서러운 막장, 동발 메고 공룡아가리 전사처럼 진격했지 허기 걷어낸 입안에 고이는 어둠의 침전물, 탄가루 격렬했던 밤을 생환하면 부끄러운 시야는 늘 헐어 있었지 아침은 안면부지 깊은 늪, 퇴적의 지문 선명한 흔적을 담보로 햇살 풀은 막걸리 한 사발이면 족했지 도계집 주모 두툼한 손목이 안주였지 고요하고 거룩한 밤, 폐부 깊숙이 죽음을 탐하던 절망 더 이상 거역할 수 없는 유폐처럼 깊고 아득한 독방

가슴에 은닉한 탄탄한 적 또, 만들며 살았지

갱도 위에서 불꽃처럼 실어 날랐던 청춘 우리만의 경계 아득한 독방, 기억하지 못한 기록으로 떠났지 폐광처럼 조용한 진폐

병동, 오늘을 천상으로 가기 얼마나 좋은 날인지 고요하고 거룩
한 밤에

이 작품 역시 정석교 시세계에 특화된 가족사의 영역이 사
회적으로 확장되는 수위를 기념할 만한 작품이다. 강원 영동
권 지역에서 탄광산업은 로컬 히스토리의 재현에 있어서 필
수적인 제도이자 문화적 배경이다. 관련 문학장의 많은 작품
들이 광부의 삶을 시적 소재로 전유하고 있다. 「고요하고 거
룩한 밤에」는 탄광 노동자의 격렬했던 삶과 일상, 폐광처럼 소
멸해가야 했던 운명이 비의적 배경 위에서 축약되어 펼쳐진
다. "고요하고 거룩한"이라는 수사가 지닌 상징성은 진폐병동
속의 유폐된 존재와 결합되면서 성(聖)과 속(俗)의 전도 효과
를 파생하고 있다. 그리하여 이 작품은 탄광노동자의 개별적
삶을 소재로 한 수많은 형상화들을 위로하는 한 편의 진혼곡
이라 할 만하다.

4. 시인의 운명

정석교 시인의 갑작스러운 죽음으로 그의 시세계 역시 단
절되었다. 『빈 몸을 허락합니다』의 구심적 긴장과 『곡비』의
원심적 지향이 질적 도약의 단계에 이르렀음을 감각한 독자
로서는 안타까운 결과가 아닐 수 없다. 그것 자체가 시인의

운명이었음을, 그로 인해 더욱 극적인 시적 구도가 온전히 정석교의 것이 되었음을 또한 인정하게 되는 아이러니가 짓궂기만 하다. 그에 관한 전반적 조명을 마무리하는 자리에서, 정석교 시세계를 극적으로 이끈 중요한 화두이자 시세계 전편을 통해 가장 슬프게 읽히는 작품을 감상해 본다.

한 층 한 층 올라가는 엘리베이터 안 기진한 아이 체온 허하게 전해온다. 무거운 세상 안고 살아가야 하는 두려움보다 먼저 눈물이 앞선다. 병상 앞에서 울컥 미어지는 범람하는 해일처럼 아득한 마음 여린 얼굴을 들여다 본다. 차마 눈 떼지 못하고 입술만 지그시 깨물은 채 하얀 시트 눈시울 삼킬 뿐이다

오염된 척수를 늘 안고 살아가야 하는 아이 하얀 시트 들추다 마주친 얼굴, 아버지로서 지켜주지 못한 사랑 알았다는 듯 입가에 미소가 핀다. 가슴에 담는 눈물처럼 흘러내리는 링거액 혈관 깊숙이 아픔을 세정하고 있을지도 모른다

혼자 이겨내야 할 세상 귓바퀴 맴도는 아이의 청명한 웃음소리 또 언제 병상에 누워 단절된 어지럼증을 느껴야 하는지 병실 밖 스산한 들녘 풍경 추스른 옷깃 사이 마음 시리게 한다
—「에필렙시」(『딸 셋 애인 넷』) 전문

역시 정석교 시의 자화상 류에 속하는 한 작품이다. 화자는 에필렙시(epilepsy), 즉 뇌전증을 앓고 있는 자식을 아프게

바라본다. 이 작품이 수록된『딸 셋 애인 넷』의 시편들이 시인의 배우자와 딸들에게 바친 헌시임을 시집 표제로부터 드러내 놓고 각인하였듯이, 위 작품은 역사전기적으로 볼 때 가족사와의 연관을 환기할 수밖에 없다. 정석교 시의 관성상 혈육과 자연은 시적 상상력이 발생하는 원체험과 같다. 그 속에는 이토록 절실한 상처와 그리움이 자리하고 있었다.

　마지막 시집『겨울 강 푸른 뜰』의 판권란에는 초판 발행일이 2020년 4월 12일로 인쇄되어 있다. 이날은 시인의 세 딸 중에 처음으로 둘째가 결혼하는 날이었다. 이런 장치는 시집이 둘째 딸 결혼을 기념하여 기획 제작된 것임을 시사한다. 실로 시인은「잘 피워다오, 부부의 꽃」이라는 축시를 수록하는가 하면, "딸의 결혼축하와 더불어 하객분들께 선물로 드릴까 한다"(후기,「웨딩카펫 네 번 밟을 남자」)라고 적었다. 작품 내용은 대부분 자연에 관한 것으로서 더욱 정제된 단시 형식의 외장이 주목된다. 각 장의 간지에는 딸의 실제 웨딩촬영 사진이 전재되어 있다. 이런 류의 시집은 유례가 없으리라 본다. 앞의 후기에서 이어 쓴 것처럼 누구든 "딸, 아내는 내 몸과 같이 참 소중하고 귀한 사람"일 수밖에 없겠으나, 정석교는 이 시집으로 자신의 명제를 실천하려 한 듯하다. 그렇게 시인은 목숨 같던 딸을 여읜 사흘 후인 4월 15일, 스스로의 목숨을 내놓았다.

　거기에는 이런 작품도 있다. "까치 울음이 화답하는 우듬지 // 물오르는 소리 탐문하는 // 푸르게 도는 봄의 입술, // 오, 마른 줄기 재잘재잘 // 내 몸 열어두어도 좋지 않을까."(「봄의 입,『겨울 강 푸른 뜰』) 우듬지, 즉 나무 꼭대기 줄기는 까치 울음을 현전한다. 나무에 물기 스며 오르는 봄은 도래하는 시간이자, 생동의 소리를 입술로 탐문하는 공감각의 장이다. 소란스러운 생성의 지평에 주체의 몸이 개방된다.

이 절묘한 배치에 무슨 설명을 부가할 수 있을까? 어떤 수식이든 이론적 접근은 저 절제된 감각의 지평을 훼손하는 인위적 언어로 전락될 뿐이다. 그렇게 정석교 시는 스스로의 기원대로 자연 자체가 되었다.*

---

* 이 해설은 정석교 시인이 작고한 직후 발행된 전 시집을 대상으로 작성된 「자화상을 변주하는 방식―정석교론」(『동안』, 2020년 가을호)에 근거한 것이다.